KB209981

— 신의 실수 —

지옥

신의 실수
지옥
류시은
박서련
조예은
최미래
함윤이
소설
연상호 기획
최규석 만화
WOWPOINT
PUBLISHING

차례

'지옥 앤솔러지'를 시작하며

연상호(감독)

저는 앤솔러지 작품에 대한 동경이 있습니다.

제가 사랑했던 많은 작품들이 앤솔러지 형태로 새롭게 창작되는 모습을 보면서, 그 세계관에 마치 자연 그대로의 생태계처럼 생명력이 부여되는 것을 지켜보아왔기 때문입니다. 넷플릭스와 작업했던 시리즈 〈기생수: 더 그레이〉도 그런 생각에서 작업한 작품입니다. 이와아키 히토시 작가의 명작 만화인《기생수》를 저만의 상상력으로 새롭게 해석하는 일은, 그 세계관을 사랑하는 저에게 너무나 매력적인 작업이었습니다. 만화《기생수》는 제가 작업한 〈기생수: 더 그레이〉 외에도 많은 파생 작품이 있습니다. 오오타 모아레 작가의 스핀오프《기생수 리버시》가 있고, 여러 만화 작가들이 단편 만화 앤솔러지로 만든《네오 기생수》같은 작품도 있습니다.

이야기가 사람들에게 소비되고 사랑받는 방식은 여러 가지가 있습니다. 원작 자체가 고전의 형태로 오랫동안 사랑받는 방식도 있고, 한 작품을 시작으로 다양한 파생 작품이 나오면서 그 세계관 자체가 견고해지는 방식도 있습니다.

저는 저와 만화가 최규석 작가가 함께 만든《지옥》세계관을 바탕으로, 소설가들과 함께 그 세계를 더욱 견고히 확장해나가는 것에 대한 동경을 가지고 이번 앤솔러지를 기획하게 되었습니다. 다양한 개성을 가진 작가들이 자신만의 비전으로 자유롭게 창작하길 바랐습니다. 물론 그런 앤솔러지가 완전한 완성도를 가진 세계관으로 확장된다는 게 쉬운 일은 아닙니다. 앤솔러지에 참여하는 작가들의 상상력이 하나로 묶인다는 건 굉장히 힘든 일이기 때문입니다. 하지만 저는 이번 '지옥 앤솔러지'를 기획하며 어떤 제약이나 틀을 제시하는 것이 아닌 자유로운 작가적 상상력을 펼쳐주길 요청했습니다.

저는 이 책에 실린 소설들을 읽고 깜짝 놀랐습니다. 참여

해주신 작가들 각자의 비전이 완벽하게 살아 있는 동시에 《지옥》이라는 세계관을 더욱 견고하게 만들 수 있는 작품들이었기 때문입니다. 다섯 편의 소설을 읽는 동안 저는 《지옥》의 견고한 세계관 속에서 살 수 있었습니다. 한 장 한 장 페이지를 넘기면서 그 세계를 살고 있는, 흥미로운 인물들과 그들의 감정선, 현실감 넘치는 이야기에 빠져들었습니다. 그리고 그 세계의 공기와 질감을 마치 제가 실제로 살아내는 것과 같은 경험을 했습니다. 나아가 이 훌륭한 소설들을 읽으며 저와 최규석 작가가 《지옥》을 통해 그리고자 했던 '인간다움이란 무엇인가?'라는 질문에 한층 더 가까워졌음을 느꼈습니다. 이 다섯 작품에 등장하는 사람들은 《지옥》의 세계관 속에서 '인간에 대한 질문'을 끊임없이 던집니다. 그리고 마지막에는 결국 인간이 이 거대한 무의미에서 드러낼 수 있는 인간다움에 대한 감각을 내보입니다.

덧붙여 이번 앤솔러지를 단편소설 형태로 함께 작업하기로 한 부분에 대해서도 감사함을 느낍니다. 그간 '지옥'이라는 세계는 원작인 만화 형태와 넷플릭스 시리즈라는 영상화를 거쳤습니다. 하지만 이번 소설 작업을 통해 《지옥》의 세계관을 살아가고 있는 인물의 내면에 더욱 가까이

접근할 수 있었습니다. 시각 작업에서는 느끼지 못할, 그들의 내면에 대해 알게 된 듯합니다. 《지옥》은 작중 인물들이 겪는 내면의 문제가 더욱 중요한 작품입니다. 어쩌면 이 세계관을 견고하게 만들 최적의 형태는 소설일지도 모른다는 생각을 하게 되었습니다.

이번 앤솔러지는 류시은 작가님의 〈지옥 뽑기〉, 박서련 작가님의 〈묘수〉, 조예은 작가님의 〈불경한 자들의 빵〉, 최미래 작가님의 〈새끼 사자〉, 함윤이 작가님의 〈산사태〉로 구성되어 있습니다. 다섯 편 모두 《지옥》의 세계관 안에서 벌어지는 기상천외한 이야기를 담은, 완성도 높은 작품입니다.

이 앤솔러지에 참여해주신 다섯 작가님들에게 진심으로 존경과 감사를 전합니다.

이제부터 '지옥'의 세계가 펼쳐집니다.
새로운 세상에 오신 여러분 환영합니다. ●

연상호

오프닝 만화

비공식 1호

최규석

최규석

만화가. 상명대학교 만화학과를 졸업했다. 1998년 서울문화사 신인만화 공모전으로 데뷔했다. 서울 국제만화애니메이션축제 단편상, 대한민국 만화대상 우수상, 한국출판문화상 아동청소년 부문 대상, 오늘의 우리만화상 등을 수상했으며, 2011년 《울기엔 좀 애매한》과 2018년 《송곳》으로 부천만화대상을 수상했다. 한국 리얼리즘 만화의 계보를 잇는 명장으로, 그의 작품은 미국, 유럽, 일본 등 여러 국가에서 번역·출간되었다.

지옥 뽑기

류시은

류시은

2019년 경향신문 신춘문예에 단편소설 〈나나〉가 당선되어 작품 활동을 시작했다.
소설집 《나의 최애에게》가 있다.

1

고은은 천사의 목소리를 미리 들었다. 그가 읊어준 고지의 내용을 기억했고, 지옥으로 인도해줄 커다란 손의 감촉을 알았다. 저세상 존재에게 두들겨 맞는 통증과 몸이 불에 타들어가는 고통도 생생하게 묘사할 수 있었다. 지옥의 입구도 생눈으로 본 듯 의식 속에 각인되어 언제든 되새길 수 있었다. 살면서 한 번도 느껴본 적 없는 선명한 색으로 채워진 기묘한 시공간. 한눈에 다른 세계라는 것을 알 수 있는 생경하고 이질적인 곳. 고은은 각오가 되어 있었다.

로은의 수능 백 일 전, 꿈같은 날을 보내기는 했다. 숨 쉬는 것도 버거울 만큼 습하고 후덥지근한 퇴근길이었지만 빵집에 들러 예약해둔 여름 한정 무화과 케이크를 포장하는 일이 전혀 성가시지 않았다.

찍어도 풀어도 정답

언니는 언제나 네 편

케이크 위에 준비한 문구로 만들어둔 알록달록한 토퍼도 꽂았다. 아직 로은이 수능을 치른 것도 아니고 대학에 합격한 것도 아니었지만 새로 태어난 날처럼 축하해줬다. 여기까지 와준 것만으로도 고맙고 미안하고 기특했으니까. 최근 모의고사 점수를 듣고 들뜬 마음에 호들갑을 떨자 로은은 덤덤하게 반응했다.

"사람이 못 풀 문제를 내지는 않잖아."

"그러네, 역시 우리 로은이가 풀 수 없는 문제는 나오지 않겠네."

"그래, 맞아."

고은은 케이크 속의 무화과를 포크로 찍어 로은의 입에

넣어주었다. 한동안 고은과의 겸상도 피하던 동생이 이제는 고은이 내미는 무화과를 거부감 없이 받아먹는다. 문을 걸어 잠근 좁은 방이 아닌 식탁에서 밥을 먹고, 이틀에 한 번 샤워를 하고, 가까운 곳으로 외출을 한다. 한 달에 한 번씩 상담 치료를 받고, 스스로 신청해서 검정고시를 치르고, 대학 입시까지 준비하겠다고 의지를 다지는 날이 와주었다.

오랜만에 걱정 없이 잠드는 밤이라고 생각하며 침대에 누웠다. 새벽에 더워서 한 번 깼을 때도 그저 마음이 잔잔하고 평온했다. 미지근한 물을 한 모금 마시고, 이제 괜찮아, 다 괜찮아, 방 안에 그들이 나타나기 전까지 중얼중얼 되뇌었다. 좀처럼 잠이 다시 오지 않아 침대에 누워 휴대폰 화면의 스크롤을 내리기 시작한 지 얼마나 지났을까. 가까스로 눈이 감기려 할 무렵 어두컴컴하게 드리워진 커튼 사이로 희끄무레한 빛이 비쳐왔다. 방 안에 온화하면서도 단호한 목소리가 울렸다.

"너는 삼십 초 뒤 지옥에 간다."

고은은 쨍한 빛에 눈을 찌푸리며 "네?" 하고 물었다. 얼굴과 상반신 형태로 어른거리는 빛은 대답 대신 서서히 지는 해처럼 존재를 감추었다. 삼십 초 뒤에 지옥에 간다고? 삼십 초 뒤에? 들은 말을 되새기고 처한 상황을 파악하기도 전에 불 꺼진 방보다 더 어두운 형체들이 나타났다. 순간 히터를 세게 돌린 한겨울의 사무실처럼 방이 건조해졌다. 뻑뻑해진 눈을 질끈 감자 몸 위로 둔중하면서도 날카로운 주먹이 꽂혔다. 달구어진 장작이 온몸으로 쏟아져내리는 듯했다. 아프고 뜨겁다, 뜨겁고 아프다는 단순한 생각을 반복하며 고통을 견디는 것 외에는 아무것도 할 수 없었다. 살면서 이렇게까지 아팠던 적이 있었던가. 순식간에 살점이 너덜너덜하게 뜯겨나간 몸은 까마득한 어딘가로 빨려들어갔다. 믿기지 않을 만큼 다채로운 총천연색 빛 앞에서 이내 의식이 흐려졌다.

사 년 전 고은이 회사 이메일로 받았던 파일 이름은 '피치피치녀'였다. 회사 메일함에 있을 만한 제목이 아니었기에 스팸 처리를 할 수도 있었지만 심상치 않은 예감에 파일을 다운받았다. 익숙한 공간의 섬네일이 눈에 들어오자 꼬리뼈부터 척추를 타고 정수리까지 소름이 돋았다. 고은은 바로 휴대폰을 챙겨 화장실로 자리를 옮겼다. 변기 뚜껑에 앉아이 분짜리 영상을 재생시켰다. 날것 그대로의 남자애 엉덩이가 화면 가득 들어차더니 이내 짙게 모자이크된 얼굴이 숨겨둔 카메라를 만진다. 여자애 얼굴은 너무나 선명하고 또렷해 금방이라도 언니, 하고 말을 걸어올 것 같다.

고은은 화면 속 침대 헤드 앞에 놓인 피치피치 인형에 시선을 고정했다. "공부 열심히 하라고 주는 선물이야." 꼰대같이 말하며 동생 방에 가져다 두었던 화면 속 인형을 노려보았다. 그때 로은이 뭐라고 질색했더라. 뭐야, 유치하게, 내가 애야? 였던가. 블랙과 그레이로 꾸며놓은 방에 홀로 화사한 핑크가 꽤 이질적이기는 했다. 로은은 그래도 언니가 준 선물이라고 갖다 버리지는 않았다. 일 년이 지나도 이 년이 지나도 그 자리에 놓아둔 덕분에 피치피치는 불법촬영물 속 동생을 지칭하는 은어로 활용되었다. '교복'과 '고딩'. 도무지 무슨 의미인지 짐작조차 할 수 없는 더러운 용어들의 부연 설명과 함께.

피치피치 인형은 고은이 버렸다. 파일을 확인하자마자 회사에 반차를 내고 집으로 뛰어가 종량제 봉투에 인형을 쑤셔넣었다. 쓰레기봉투가 입구까지 차지 않았는데도 묶어서 버린 적은 처음이었다. 그로부터 사 년이 흘렀다. 로은이 무사히 고등학교를 졸업하고 대학에 갔더라면 학점을 수료하고 졸업장을 받았을 수도 있는 시간이다. 피치피치 인형을 준 것과 불법 촬영은 인과가 없다는 것을 알지만 고은은 로은에게 인형을 준 것을 늘 후회했다. 임예준이라는 가해자에 대한 살의와는 별개로 스스로를 탓하고 책망해왔다. 그 인형은 사줬다기보다는 버린 것에 가까웠으니까.

한창 취업 준비를 할 무렵, 고은은 어느 회사의 최종 면접에서 떨어지고 편의점 앞에서 인형 뽑기 기계를 마주쳤다. 소나기가 쏟아졌고 유일한 면접용 재킷이 망가질 것 같았지만, 우산을 사는 대신 우비를 입은 호라이언 인형을 뽑기로 했다. 쓸모없는 일에 돈을 써본 게 얼마 만인지 몰랐다. 지폐를 오백 원짜리 동전으로 여러 번 교환했다. 열두 번 실패하고 열세 번째 뽑기에 돌입했을 때, 호라이언 옆의 피치피치가 데굴 굴러서 바구니에 떨어졌다. 해맑게 입을 헤벌리고 웃는 꼴이 어쩐지 마음에 안 드는 피치피치가. 역시 재수 없는 날이라고 생각했다. 그런 불운한 인형을 로은의 방에 방치해둔 것이다.

오색 찬연한 지옥문 앞에서 눈을 떴을 땐, 지옥이 아닌 고은의 방이었다. 분명 삼십 초 뒤 지옥에 간다는 고지를 받고 지옥 입구까지 도달했는데 오전 일곱 시 알람 소리와 함께 침대에서 일어났다. 얼굴을 파묻고 엎드린 모양 그대로 눌려 있는 베개를 가만히 만져보았다. 땀인지 눈물인지 모를 액체로 손바닥에 닿는 면이 축축했다. 대체 뭐였을까. 짙은 녹색 커튼을 희미하게 투과한 빛은 여느 장마철 아침과 다를 바 없어 보이는데.

"언니, 아침 먹을래?"

방문을 두드리고 로은이 얼굴을 빼꼼 내밀었다. 방 안으로 고소한 냄새가 밀려들어왔다.

"어? 어떻게 이 시간에 일어났어?"

"응. 그냥."

고은이 식탁에 앉아 스크램블드에그를 한술 뜨자 로은이 토마토주스를 한 잔 따라서 맞은편에 앉는다. 빨간 주스를 한 모금 마시는 척하며 고은이 아침 먹는 모습을 집요하게 살핀다.

"참, 용돈 필요하지?"

"아니, 그냥. 얼굴 좋아 보이네."

그렇게 말하는 로은의 얼굴에는 다크서클이 짙게 내려와

있다. 아마 케이크 먹느라 쓴 시간만큼 공부를 더 하다 잠들었겠지. 무리하지 말라고 그렇게 당부했는데……. 로은의 수척한 모습과는 달리 고은의 몸은 푹 자고 일어난 듯 개운했다. 만성이 되어버린 어깨 결림도, 아침마다 겪는 손발 저림도, 새로 태어나기라도 한 듯 가뿐했다. 세수하다 상의를 벗고 거울을 보았는데 몸은 상처나 멍 하나 없이 말끔했다. 새벽녘 미지의 존재에게 죽기 직전까지 두들겨 맞았다고 하기에는 도저히 믿기 어려울 만큼 아무렇지 않았다.

고은은 출근길 지하철에서 로은의 계좌에 용돈을 부치고, 사람들 사이에 끼어 생각했다.

1. 나는 시연을 받고 지옥에 온 것이 맞다. 이 상황에 출근하는 지금이 지옥이 아니면 무엇이냐.
2. 그냥 지독하리만큼 생생한 꿈이다.

1번으로 받아들이기에는 시연을 받기 이전과 상황이 거의 달라진 점이 없어 패스. 해석은 2번으로 기울었다. 꿈으로 보는 쪽이 역시 상식에 가깝다. 다만 단순한 꿈으로 치부하기에는 석연치 않은 구석이 있다. 마치 실제로 겪은 듯한, 아니 실제보다 더 생생한…… 묘하게도 언젠가 일어날 일을 미리 겪은 것 같은……. 언제 고지를 받아도 이상하지 않다고 여겨온 탓인지는 모르겠지만 신기할 만큼 놀랍지 않았다. 지옥에 간다는 사실이 언젠가 죽는 날이 오리라는 사실만큼 순순히 받아들여졌고, 별일 없으면 내일도 출근할 것을 의심하지 않듯 자연스레 믿겼다. 고은은 자신이 예지몽을 꾸었다고 결론을 내렸다. 아무리 생각해도 이미 일어난 일이 아니라면 반드시 일어날 일이었다. 다만 불시에 고지를 받을 날이 언제가 될지 몰라 조금 혼란하고 어수선할 뿐이었다.

2

한밤중 고은은 사람 없는 한적한 강가에 서 있었다. 수위가 높아진 여름의 강은 귀로 듣는 것만으로도 빠른 유속이 느껴졌다. 물 흐르는 소리에 사그락거리는 나뭇잎 소리와 매미와 맹꽁이 울어대는 소리가 얹어져 강가는 결코 고요하지 않았다. 전에도 이런 곳에 와본 적이 있었던가. 어둠에 눈이 익자 재갈을 문 남자가 자갈밭에 몸을 말고 모로 누운 모습이 눈에 들어왔다. 헛구역질이 올라와서 살펴보니 누운 자리 주변으로 짙은 액체가 흥건했다. 대체 뭘까. 간판도 가로등도 없는 외진 곳이라 달빛만으로는 남자가 어떤 상태인지 언뜻 알아볼 수 없었다.

조심스레 다가가서 보려는데 어디선가 자갈밭을 탁탁 치는 소리가 들려왔다. 장우산을 든 검은 인영이 서서히 가까워지고 있었다. 고은은 주춤 뒤로 물러섰다. 저 사람은 언제부터 있었지…… 검은 후드티에 검은 트레이닝 바지에 아무 무늬 없는 검은 야구 모자. 얼굴 절반은 모자챙에 가려졌고, 나머지 반은 검은 마스크로 덮여 있어 보이는 것은 어두운 실루엣뿐이지만 고은은 그가 로은이라는 것을 바로 알 수 있었다.

'너 여기서 뭐 해.' 고은의 말은 생각 속에서만 맴돌 뿐 소리가 되어 밖으로 전해지지 않는다. 그에게는 고은의 모습이 보이지 않는 듯하다. 그곳에 고은은 없는 사람이다. 저들에게 닿을 수 없고 개입할 수 없고 중재할 수 없다. 마치 영상 너머의 사람을 지켜만 보는 것 같은 무력함에 고은은 몸서리를 쳤다. 소외감이 느껴졌다. 다만 무엇으로부터의

소외인지는 당최 짐작할 수 없었다. 다른 시공간 속 로은의 손에 들려 있는 장우산이 달빛에 반짝이는 것을 보면서, 언젠가 한 번쯤 본 듯한 우산 같다는 추측만 가까스로 할 수 있을 뿐이었다.

괴이한 기시감에 정신이 팔린 사이 로은이 남자를 발로 툭툭 쳐 얼굴이 밤하늘을 향하도록 바로 눕힌다. 이내 우산을 높이 들고 체중을 실어 누워 있는 남자의 한쪽 눈을 푹, 찌른다. 다시 발로 이마를 밟아 머리를 고정하고 우산을 높이 들어 나머지 눈을 찌른다. 물풍선 같은 것이 팍, 하고 터지는 소리가 연달아 난다. 죽은 줄 알았던 남자가 들릴 듯 말 듯한 신음을 내지르는 사이 로은은 어디선가 등유 통을 들고 와 뚜껑을 연다. 작고 가느다란 손은 남의 안구를 터트리는 일보다 등유 통 뚜껑 따는 일을 더 힘겨워한다. 이윽고 강가에 휘발유 냄새가 퍼진다. 고은은 눈을 감지도 뜨지도 못한 채 로은이 남자의 몸에 기름을 들이붓는 장면을 지켜보았다. 머리부터 발끝까지 검게 옷을 차려입어 흡사 지옥사자 같은 모습을.

고은은 침대에서 짧은 비명을 지르고 일어나 쥐가 난 종아리를 부여잡았다. 이를 얼마나 꽉 물었는지 턱관절이 얼얼했다. 발끝을 천천히 몸 쪽으로 당기며 심호흡을 반복했다. 죽어가던 남자가 임예준인 것을 잠에서 깨고서야 알았다. 로은이 충동적인 면은 있지만, 충동의 칼날은 늘 자신에게 향해 있어 남을 해칠 인물은 못 됐는데. 강가에서의 모습은 믿기지 않을 만큼 낯설었다. 물론 본 적 없는 모습이니 당연히 낯설 수밖에 없겠지만…… 아니다, 낯선 것과는 조금 달랐다. 오히려 소름이 끼칠 만큼 익숙했다. 반드시 일어날 일이라는 확신이 너무도 강하게 온 나머지 불쾌할 정도로 익숙하다는 느낌이 들었다. 그 말도 안 되는 꿈 역시 예지몽인 건가.

말이 안 되는 가장 큰 이유는 임예준이 이미 죽은 사람이라는 사실이었다. 고지를 받고 지옥에 간 자가 어떻게 살해당할 수 있겠는가. 육신이 무덤 속에 파묻혀 썩어가고 있는데. 물리적으로 불가능하지 않나. 부활이라도 한다면 모르겠지만…… 설마, 임예준 같은 놈도 부활을 하려나?

작년 설날, 로은은 임예준이 지옥으로 끌려간다는 소식을 듣고 간신히 기운을 차렸다. 이 년 만에 방문을 열고 나왔다. 있으나 마나 한 법 대신 어떤 미지의 존재가 그놈을 처리해준 덕분이었다. 감사한 분들이야, 판사보다 그들이 나아, 고은은 종종 생각했다. 그놈이 지옥이라는 곳에서 죗값을 제대로 치르고 있는지는 확인할 길이 없었지만, 로은이 살아가야 할 세상에서 그를 더는 안 볼 수 있도록 치워주었다는 사실 하나만으로도 그 미지의 존재들은 존경받고 찬양받아 마땅했다. 그런데 뭐? 부활? 그러니까 로은의 눈앞에 죽은 임예준을 되살려서 다시 데려올 수도 있다고?

가능성이 없지는 않으려나. 부활자가 이제는 희귀하지 않으니까. 처음엔 박정자처럼 떠들썩하게 시연을 당한 사람만 부활하는 줄 알았는데, 요즘엔 드문드문 기사가 떴다. 시연을 당해 수사 종료로 끝난 범죄자가 몇 달 만에 부활해서 감옥에 가기도 했고, 연재가 종료된 웹소설 작가가 수년 만에 지옥에서 돌아와 연재를 재개하기도 했다. 애초에 시연과 부활 사실을 숨겼거나 보도되지 않은 사람까지 더하면 부활자가 얼마나 더 많을지 알 수 없었다.

어째서 그놈도 부활할 수 있을 거란 생각을 못했을까. 대체 어쩌다 지금껏 간과하게 된 거지? 고은은 성격상 자신이 이런 지점을 절대 놓쳤을 사람이 아니란 걸 알았다. 그래서 어처구니가 없었다. 그동안 아무런 의문 없이 마음 놓고 지냈다는 사실이 황당할 만큼 답답하고 의아했다.

이렇게 되면 사람들에게 고지는 더 이상 사형 선고가 아니다. 대충 형량을 채우다 운 좋으면 출소하는 개념이거나, 특별 사면의 희망이 있는 미지의 징역살이쯤으로 여겨질지도 모른다. 더군다나 로은은 그 탓에 손에 묻히지 않아도 될 피를 묻히게 될 것이다. 믿기지 않아도 예상은 되었다. 지옥에서 특별 사면을 받고 돌아온 임예준을 그냥 두고 보기는 힘들 테니까. 만에 하나 수능이 얼마 남지 않은 시점에서 로은이 심판 같은 것은 없었구나, 하며 깊이 절망하고 분노하고 다시 방에 틀어박히게 된다면, 응급실에 갈 때만 방에서 나오는 나날이 다시 오게 된다면, 그땐 고은이 그 예지몽을 대신 실현할지도 몰랐다.

특히나 지금은 고은도 지옥행이 예정된 상황이었다. 고지는 언제 내려올지 모르고, 받는 순간 삼십 초의 시간밖에 주어지지 않을 텐데. 삼십 초는 어떤 대비를 한다거나 마지막 당부를 전하기에 턱없이 부족한 시간이다. 그렇다고 매 순간 삼십 초 뒤를 준비하며 살 수도 없는 노릇이고. 별안간 고은이 사라지고 세상에 로은의 편이 아무도 없는 때에, 그 아이가 홀로 감당해야 할 일을 생각하니 눈앞이 아득해졌다. 누군가 장난삼아 고무망치로 머리를 둥둥 때리는 듯한 편두통이 일었다.

고은은 진통제 두 알을 삼키고 책상 앞에 앉았다. 회사에 병가를 내고 종일 인터넷 검색을 거듭하다 보니 방법이 보이는 듯했다. 부활한 이들의 공통점은 어느 정도 형체가 남아 있다는 것이었다. 최소한 머리만이라도 보존이 되어 있어야 했다. 화장해서 뼛가루로 돌아간 이 중에 돌아온 사례는 찾을 수 없었다. 화장 비율이 낮은 국가일수록 부활자의 비율이 높다는 독일 연구소의 통계도 구글링으로 찾아냈다. 형체를 알아볼 수 없을 만큼 훼손된 시신은 현재의 시공간으로는 돌아오지 못한다는 가설을 주장하는 유튜브 영상도 보았다. 훼손된 정도가 심하면 부활을 하더라도 아예 닿을 수 없는 까마득한 과거로 가거나 영영 만날 수 없는 먼 미래로 가버린다는 것이다. 그 가설이 알음알음 퍼지면서 최근 시연당한 이들은 화장 없이 매장하는 추세라는 말도 돌았다.

고은은 휴대폰 사진첩을 열어 즐겨찾기 앨범으로 들어갔다. 임예준의 장례식장에서 찍은 짧은 영상을 재생했다.

그놈이 정말 죽었다는 사실을 확실히 담기 위해 경영학과 선배라고 둘러대고 밥값만큼의 부의금도 냈다. 북적이는 조문객들 사이 자리를 잡고 앉아 땅콩을 어금니로 빻아 먹으며 온 신경을 기울였다. 빈소에서 찰칵, 찰칵, 소리를 낼 수 없어 녹화 버튼을 눌렀다. 불법 촬영으로 사람을 죽기 직전까지 몰아간 놈의 장례식장 풍경을 몰래 촬영하다니. 고은은 사이다 한 캔을 따서 땅콩으로 텁텁해진 입안을 시원하게 적셨다. 사이다를 두 캔째 비울 무렵 화장 없이 수목장을 한다는 정보를 입수했다. 화장을 하지 않고도 수목장이 가능할까 싶었지만 아무래도 사인이 특수하기는 하니까.

고은은 천천히 기억을 되짚어보며 영상의 십일 초쯤에서 일시 정지 버튼을 눌렀다. 장례식장 입구의 LED 전광판이 조그맣게 보였다. 화면을 키웠다. 삼가 고인의 명복을 빕니다,라는 문장 아래 빈소의 호실과 고인의 이름, 발인 날짜가 보였고 그 아래 장지가 적혀 있었다. 산비 추모공원. 고은은 위치를 확인하고 영상을 껐다. 임예준은 이미 죽었다. 죽은 자를 다시 죽이는 것은 살인이 아니다. 단지 형태만 조금 잘게 바꾸어주는 것일 뿐. 동생이 되살아난 사람을 죽일 것을 알면서 방치하는 것보다는 고되고 더럽고 역하고 번거롭더라도 내가 나서는 편이 낫다. 그놈은 언제 부활할지 모르고 나는 언제 지옥에 갈지 모르니까. 일이 커지기 전에, 손쓸 수 없게 되기 전에, 한시라도 빨리 움직여야 한다.

시간을 확인하니 밤 열한 시가 넘었다. 추모 공원까지 차로 두 시간 십 분. 동트기 전에, 태양이 파헤친 무덤가를 비추어 사람들 눈에 띄기 전에 모든 일을 마쳐야 할 것이다. 임예준의 묘를 찾아서 계획한 일을 마치는 시간까지 계산하면 결코 시간이 넉넉하지 않았다. 고은은 바로 옷을 챙겨 입었다. 싱크대 선반에서 삽 대용으로 쓸 만한 스테인리스 볼을 꺼내 백팩에 넣고, 현관 신발장에서는 우산 옆 공구함 위에 놓여 있던 망치를 집어 들었다. 혹시 몰라 펜치를 하나 챙긴 뒤 외피가 단단한 운동화를 골라 신는데 로은이 방문을 열고 나왔다.

"언니!"

누워 있다 나왔는지 곱슬거리는 단발머리가 한쪽은 눌려 있고 한쪽은 뻗쳐 있다. 로은은 검은 야구 모자를 눌러 쓰고 검은 마스크를 하고 백팩을 맨 고은을 위아래로 훑어

보며 물었다.

"어디 가?"

고은은 잠시 머뭇거리다 마스크를 살짝 내리고 입을 열었다.

"산책."

"이 시간에? 망치 들고?"

"어서 들어가서 자. 수험생이 컨디션 관리해야지."

현관 문고리를 잡고 등을 돌려 다시 나가려는데 로은이 성큼성큼 다가와 고은의 백팩을 움켜쥐었다.

"나도 데려가."

"어딜 가는 줄 알고."

"어디든."

"……."

"어디든 데려간다고 했잖아."

고은은 퍼석한 손으로 마른세수를 했다. 대기업에 입사하고 집을 구해 지긋지긋한 본가를 나오던 날, 수면 바지에 슬리퍼 차림으로 뛰어나와 데려가달라는 로은을 고은은 뿌리치지 못했다. 가해자와 멋대로 합의하고 오히려 자식 탓을 하던 부모에게 차마 로은을 버리고 올 수 없었다. 고은은 터울이 많이 나는 어린 동생에게 살갑거나 다정하지는 못했지만, 결정적인 순간마다 하염없이 약해지거나 때때로 다른 자아를 꺼낸 듯 대담해지곤 했다. 고은이 생각하는 가족은 로은 하나뿐이었으니까.

"……옷 챙겨 입고 나와."

고은은 센서등이 꺼진 현관에 우두커니 선 채로 로은을 기다렸다. 오히려 잘된 걸까. 아무래도 눈으로 보여주는 것이 확실하긴 할 테니까. 그놈은 이곳에 존재하지 않는 것이 분명하고, 절대 돌아오지 못할 것이고, 앞으로도 영원히 마주칠 일 없을 거라고, 불안의 싹을 완전히 뽑아 로은을 안심시켜주는 편이 더 나을지도 모르니까. 로은만 괜찮다면 그렇게까지 해두는 것이 사실 고은의 방식에 더 가깝기도 했다.

3

낮 동안 쏟아지던 비가 그쳤다. 초행길에 비까지 오면 밤운전이 쉽지 않았을 텐데 날씨가 돕는다. 조수석에 앉은 로은은 아무것도 묻지 않았다. 숨소리가 의식될 만큼 고요한 상태로 몇십 분을 운전하다 보니 입안이 거슬거슬하게 말랐다. 어쨌거나 추모공원에 도착하기 전에는 설명해줘야겠지.

"내가 미친 소리를 하는 것 같겠지만……."

고은은 몇 번 헛기침을 하고 조심스레 운을 띄웠다. 예지몽 같은 것을 꾸었고, 그래서 언젠가 불시에 네게 한마디 인사도 없이 곁을 떠나게 될 것이고, 너는 되살아난 그놈을 잔인하게 죽이게 될 것이다, 따위의 신뢰를 얻기 힘들 만한 정보는 빼고 계획한 일만 담담히 읊었다.

"……그래서 당장 화장을 할 수는 없고 망치를 쓸 거야."

창밖에 시선을 둔 채 가만히 듣고만 있던 로은은 그다지 놀라는 기색 없이 입을 열었다.

"언니, 소용없는 일이야."

"그 새끼가 부활할 수도 있는데, 아니, 부활할 게 분명한데 내가 손 놓고 보고만 있을 수는 없잖아."

"어떤 마음인지 알겠는데, 그런 일은 일어나지 않아."

"로은아, 같이 하자는 거 아냐. 내가 하겠다는 거야. 시동 켜두고 내릴 테니까, 너는 에어컨 끄지 말고 음악 들으면서 한숨 푹 자고 일어나면 돼. 일은 언니가 다 할 테니까."

"그게 아니라, 진짜 그럴 필요 없다니까. 나 이제 정말 괜찮아. 언니가 봐도 나 괜찮아 보이잖아."

고은은 그 말을 하며 웃어 보이는 로은의 얼굴이 미세하게 일그러지며 경련이 일어나는 것을 보았다. 고은은 '역시 괜찮지 않잖아! 괜찮았으면 왜 이 밤중에 따라 나왔어?'라고 대꾸하고 반박하고 싶은 마음을 누르느라 어금니를 꽉 깨물어야 했다. 로은이 한숨을 길게 내쉬더니 차창을 반쯤 내렸다.

"답답해."

후덥지근한 바람이 불어 들어와 차 안은 순식간에 눅눅해졌다. 고은이 운전석에서 차창을 올려버리자 다시 로은이 조수석에서 차창을 내린다.

"답답하다니까."

고은이 다시 차창을 올리려 하자 로은이 이번에는 아예 차 문고리에 손을 얹고 열려는 시늉을 한다.

"아, 알았어, 알았어."

고은은 앞좌석과 뒷좌석의 차창을 아예 끝까지 내려버렸다. 차는 시속 80킬로미터로 달리는 중이었다. 바람이 뺨을 때리고 머리를 헝클어뜨렸다. 대충 눌러쓴 야구 모자가 벗겨져 뒷창문에 날아가 붙었다. 로은이 입에 들어간 자신의 머리카락을 떼어내며 피식 웃었다. 어이없게도 지금 웃음은 진짜 웃음이었다. 헛웃음이 나왔다. 역시 언제 무슨 일을 저지를지 모를 애였다. 아주 어렸을 때는 그래서 귀엽기도 했지만……. 차창을 연 채로 십 분쯤 달리자 아담한 휴게소가 나왔다. 고은은 한숨 돌리기 위해 휴게소에 차를 세웠다. 주유소와 화장실, 편의점만 불을 밝힌 밤의 휴게소는 음산한 느낌이 들 만큼 한산했다.

"나 저거 뽑아볼래."

로은이 가리키는 곳에 한눈에도 오래되어 보이는 인형뽑기 기계가 있었다. 불을 밝혀놓은 유리창 앞에 날벌레가 다닥다닥 붙어 있어 어떤 인형들이 있는지, 인형이 있기는 한 건지 잘 보이지 않았다.

"저걸?"

"응. 저거."

로은은 고은이 편의점에서 잔돈으로 교환한 동전을 손에 쥐고 유리 안을 유심히 들여다보았다. 거북이,라고 중얼거리더니 동전을 넣고 레버를 신중하게 만졌다. 고은이 팔을 휘저어 로은 주위로 날아드는 모기를 쫓아주는 사이 거북이 인형 하나가 바구니로 떨어졌다. 로은은 동전 몇 개를 더 넣고 이번엔 다리 짧은 문어 인형을 집었다. 문어는 집힌 그대로 유리 천장까지 올라가더니 천천히 바구니 앞으로 이동했다. 손놀림이 한두 번 해본 솜씨가 아니었다. 로은은 인형 뽑기 기계를 손등으로 가볍게 툭 쳤다. 날벌레들이 일제히 날아오르고 인형이 떨어졌다. 로은은 뽑혀 나온 문어 인형을 고은에게 내밀었다.

"이건 언니 닮았으니 언니 줄게."

"참나, 너 잘하네."

"이렇게 생긴 건 어렵지 않거든."

"그래도 단번에 뽑는 게 쉽나."

고은은 고리가 달린 문어 인형을 받아 들고 순수하게 감탄했다.

"언니가 준 용돈으로 인형 많이 뽑았어. 문제집 사라고 준 돈, 간식 사 먹으라고 준 돈, 다 거기에 탕진했네. 그리고 그렇게 쓴 거 들키기 싫어서 늘 집에 가기 전에 의류 수거함에 버렸어. 그러면 안 된다는 거 알면서도 제어가 안 되더라. 구제가 안 되더라고."

"그럴 수도 있지, 충분히 그럴 수 있는 건데 구제가 안 되다니, 어떻게 그런 말을 해."

"예전에 언니가 준 피치피치도 뽑아서 준 거였잖아. 여러 번 해보고 나서야 알았지. 그거 생긴 게 애매하게 둥글고 무게도 있어서 난이도 꽤 높았을 거라고. 나 그 선물 아꼈는데 왜 마음대로 버렸어?"

"아, 그건."

"피치피치가 잘못한 게 아니었잖아."

"그러게……."

스스로가 너무 미워서, 나에게 화가 나서 그랬어,라는 변명은 차마 내뱉을 수 없었다. 대신 미안하다는 말을 꺼내기 위해 입술을 달싹이는데 이어지는 로은의 말에 가로막혔다.

"나 봤어. 언니 죽은 모습."

"어?"

"수능 백 일 축하하던 날 밤, 소음 때문에 잠깐 깼다가 잠들었거든. 그땐 잠결에 그냥 이웃집 소음이라고만 생각했어. 근데 갑자기 발끝에서부터 쎄한 느낌이 올라오는 거야. 다시 일어나 언니 방에 들어가봤지. 새카맣게 그을려 타 죽은 시신이 침대에 누워 있더라. 누구인지 알아보기도 힘들

게 엉망으로 타 죽은 시신이. 무서웠어. 너무 무서워서 소리도 못 지르고 울지도 못했어. 그냥 그대로 돌처럼 굳어 옆에서 지켜보고만 있었어. 왜 내가 아닐까 한참 동안 생각하면서."

"내가…… 죽었어?"

"죽었어. 분명히 죽었어. 근데 살아난 것도 봤어. 몸이 되돌아온 모습을 봤지. 첨엔 깨워도 눈을 뜨지 않아 살아난 걸 믿지 못했어. 어쩔 줄 모르겠더라. 그냥 엉망이 된 언니 방을 정리했어. 정리하고 또 정리했지. 알람 소리에 몸을 뒤척이는 언니를 보고서야 방을 나왔네. 출근하는 언니를 보니 여느 때와 너무 다를 바 없어 보여서 간밤의 일이 꿈인가 싶더라."

"뭐?"

"부활이란 거. 언니가 한 것 같아."

로은은 자신이 본 그대로 말을 전하는 지금도 사실 믿기지 않는다고 했다. 그럴 만했다. 그 말을 듣는 고은도 좀처럼 믿기지 않았으니까. 다만 부활했다는 사실을 받아들이면 그 무섭도록 생생한 밤도 이해가 되었다. 하긴, 진짜 겪은 일이니 생생할 수밖에. 고지받은 유예기간이 지나치게

밭게 잡혀 부활도 빨랐던 걸까. 마치 근사 체험이라도 하듯 지옥 입구만 찍고 돌아왔지만, 다녀오긴 다녀온 것이라면.

"말이 안 되지는 않는 건가……."

고은은 멍한 얼굴로 문어 인형의 머리를 만지작거리며 중얼거렸다.

편의점에서 얼음과 카페인이 들어간 아이스크림을 하나씩 사 먹고 다시 차에 올라 운전대를 잡았다. 첫 번째 밤에 대한 오해가 풀렸다 치면, 문제는 두 번째 밤이었다. 가끔 부활자 중에 특별한 능력이 생겼다는 사람이 있던데, 혹시 그런 케이스일까. 두 번째 꿈이 부활로 인해 얻게 된 능력으로 꾼 진짜 예지몽이라면…… 고은은 엄지손가락으로 관자놀이를 꾹 눌렀다. 그래, 그래서 오늘 그 끔찍한 사태를 막으려고 집을 나섰던 거였지. 짧게 심호흡을 하고 서둘러 시동을 걸려는데, 로은이 잠깐, 하고 내비게이션에 손을 댔다. 그는 산비 추모공원을 지우고 이내 주소 하나를 찾더니 길 안내 버튼을 눌렀다. 뭐지? 처음 본 장소인데 다녀온 기록이 남아 있었다. 로은은 면허도 없고 운전도 할 줄 모르는데 이 차를 대체 누가 운전했지?

"뭔데?"

"가보면 알 거야. 알 수밖에 없을 거야."

"어? 어."

고은은 뻑뻑한 눈을 천천히 감았다 뜨고서는 내비게이션 안내를 따라 로은이 찍은 장소로 차를 몰았다. 머릿속이 여름 안개에 갇힌 듯 몽롱하고 갑갑해서인지 로은이 확신에 차서 하는 말을 도저히 그냥 지나칠 수 없었다. 가보면 알 거라니, 알 수밖에 없을 거라니. 어떻게 그런 모호한 말을 저렇게나 단정적인 투로 뱉을 수 있을까. 말을 안 하면 안 했지 실없는 소리를 할 만한 애가 아닌데…….

긴 터널을 몇 개 지나고 강줄기를 따라 달리다 보니 어느새 목적지에 가까워져 있었다. 포장도로를 벗어나자 차가 덜컹거리기 시작했다. 아이스크림이 위장 속에서 존재감을 과시하여 몇 번 헛구역질을 했다. 얼마나 더 가야 하려나. 내비게이션이 목적지라고 일컫는 곳에서 길 안내 종료 버튼을 누르고, 로은이 가리키는 방향으로 조금 더 흙길 위를 운전했다. 차 한 대가 간신히 다닐 만한 좁은 길로 진입하면서부터 꺼림칙한 기시감이 느껴졌다. 혹시 내가 전에 이 길을 운전한 적이 있었던가.

"저기야."

갑자기 로은이 손을 뻗으며 하는 소리에 깜짝 놀라 브레이크를 밟았다.

차에서 내리자 잎을 늘어뜨린 버드나무 두 그루 사이로 자갈이 넓게 펼쳐진 강이 눈에 들어왔다. 고은은 자갈이 달그락거리는 강가를 걸었다. 로은이 갑자기 멈추어 설 때까지. 고은은 한동안 가만히 서서 강을 바라보는 로은을 말없이 지켜보았다. 강 속에서 물길을 따라 자갈이 구르는 소리가 들려왔다. 매미 소리와 풀벌레 소리 사이로 한 번씩 사람 비명처럼 새가 울었다. 간헐적으로 바람이 세게 불어 강가의 습기가 코로 스며들었다. 젖은 나무뿌리 냄새와 풀 냄새, 시시각각 달빛에 반짝이며 빠르게 흐르는 물줄기, 검은 돌 사이로 스미는 피와 등유, 떨어져나가는 살점, 단죄를 받은 두 눈과 벌겋게 타오르는 불길……. 모든 감각은 어느 지워버린 여름을 가리키고 있었고, 고은은 로은의 확언대로 알 수밖에 없었다. 그건 예지몽 같은 것이 아니었다. 속이 울렁거렸다. 고은은 허리를 꺾고 바닥에 꿇어앉아 눈알처럼 둥근 조약돌 더미 위에 아이스크림을 게워냈다.

4

임예준이라는 재료로 영상을 제작했다. 텔레그램을 깔고 호주에 사는 어떤 한인 여성에게 비트코인으로 비용을 지불했다. 영상을 합성하고 조작해서 남자가 고지를 받은 것처럼 꾸며달라고 주문했다. 본가의 현관 앞 CCTV 자료가 적지 않으니, 그 움직임을 따서 CCTV 형식으로 구성하면 자연스러울 것 같다는 의견을 냈다. 고지를 내리는 천사 CG의 화질 문제로 들킬 염려를 덜 수 있고, 소리가 녹음되지 않는다는 특성상 고지 시점 설정으로부터도 자유로울 수 있을 듯했다. 다만 CCTV라 하더라도 영상 속 남자가 임예준이라는 것은 모를 수 없도록, 그 부분은 또렷하고 확실하게 드러내달라고 거듭 강조했다.

며칠 뒤 전송받은 파일은 희열이 느껴질 만큼 완벽했다. 고은마저 순간 그가 곧 죽겠구나 착각할 만큼 절묘했다. 바로 로은에게 영상을 전송했다. 그 무렵엔 한집에 살아도 로은의 방에 함부로 들어갈 수 없었기에 고은은 용건이 생기면 주로 방문을 두드리고 문 앞에서 말하거나 메시지를 보내곤 했다. 그날도 그랬다. 임예준의 고지 영상을 문자 메시지에 첨부하고 로은의 방문에 등을 기대고 앉아 기다렸다. 무언가 부스럭거리는 소리가 들리고 의자 끄는 소리가 날 때까지 잠자코 기다렸다가 조심스레 말을 꺼냈다.

"로은아, 내가 보낸 거 봤니. 그 자식 곧 죽는대. 드디어 지옥에 간다더라. 이제 걱정할 일은 없어. 정말 없어."

대답이 없는 것은 여느 때와 다름없었지만 고은은 초조했다. 역시 하지 말았어야 했을까. 상태가 더 악화되는 것은 아닐까. 그냥 모른 척 덮고 전처럼 지내는 게 나았을까. 퍼석한 맨손에 땀이 찰 때까지 쥐었다 폈다를 반복하다가 정적을 깨고 화제를 돌렸다.

"오늘 퇴근길에 마트에 들렀는데 무화과가 나왔더라. 상처 없는 걸로 한참 골라 한 팩 샀는데, 나와서 조금 먹어볼래?"

"……."

"역시 나와서 먹는 건 좀 그렇지? 금방 물러질 텐데. 언니 방에 들어가 있을 테니까 냉장고 위 칸에서 꺼내 먹어. 꼭."

고은은 깨끗하게 씻은 무화과를 밀폐용기에 가지런히 담아 냉장고에 넣어두고 방으로 돌아왔다.

그로부터 정확히 일주일이 지나고 잠이 들락 말락 하던

밤이었다. 방문 열리는 소리가 들리더니 얼굴 위로 그림자가 드리워졌다. 고은은 자신을 내려다보는 로은의 동그랗게 처진 눈을 가만히 마주 보았다. 눈 안에 담긴 것은 전염성을 띤 슬픔이었다. 눈시울이 축축해지면서 잠기운이 달아났다. 고은이 집에 있는 동안 로은이 자신의 방에서 나와 고은의 방으로 들어온 것은 거의 이 년 만이었다. 로은이 들릴 듯 말듯 말을 꺼냈다.

"이거 얼마 줬어?"

고은의 눈앞에 로은의 휴대폰이 바짝 다가왔다. CG로 만든 천사에게 임예준이 고지받는 영상을 띄우고서.

"응?"

얼빠진 얼굴로 되묻자 로은은 목소리를 조금 키워 다시 물었다.

"이딴 거 만드는 데 얼마 썼냐고."

고은은 로은의 말하는 입을 바라보았다. 오랫동안 자신을 외면했던 어린 동생이 드디어 다가와 말이라는 것을 하고 있었다. 무려 고은의 대답을 기다리면서. 이런 방법 저런 방법 다 써보다 충동적으로 시도한 일이었는데 이렇게 효과가 나타날 줄은 몰랐다. 이런 짓으로 효과가 나타났다는 사실이 사무치게 두려울 만큼. 안도와 반가움은 그다음이었다. 천장 누수처럼 자꾸만 고약하게 눈가가 젖어들었다. 손등으로 눈가를 문지르며 하나 마나 한 대답 대신 물었다.

"이제 무화과는 안 좋아해?"

그날 이후 로은은 종종 방문을 열었다. 고은이 집에 있을 때도 방에서 나와 냉장고에서 물을 꺼내 마시거나 식탁에 앉아 책을 읽고 휴대폰을 들여다보았다. 가끔은 아무렇지도 않게 예전처럼 함께 밥을 먹기도 했다. 한 번은 김치찌개, 한 번은 라면. 믿기지 않는 하루하루가 쌓이고 쌓여 보름이 넘어가던 주말 오후, 로은이 갑자기 방에서 문을 거칠게 열고 나오더니 현관으로 걸어가 바로 운동화를 신었다. 고은은 잠자코 있으려 했다. 동생이 집 밖으로 한 걸음이라도 내디딜 수 있기를 너무 오랫동안 바라왔기에 어렵게 마음먹었을 행위를 추궁하고 싶지 않았다. 하지만 도저히 그냥 넘길 수 없을 만큼 섬뜩하고 스산한 얼굴과 수상쩍은 차림이 식탁 의자에서 벌떡 일어나 로은을 막아서게 만들었다.

"지금 어디 가니?"

검은 모자에 검은 티셔츠에 검은 바지. 주머니에 꽂혀 있는 검은 마스크와 가죽 장갑을 보며 물었다. 가만히 서 있기만 해도 티셔츠가 젖고 이마에서 땀이 흐르는 한여름이었다. 로은은 대답 대신 휴대폰 화면을 눈앞에 내밀었다. 저장되지 않은 번호로 메시지가 와 있었다.

— 시발 네가 그랬지?

메시지는 몇 시간 뒤 하나 더 찍혀 있었다.

— 시발 그 좆같은 거 네가 만들었잖아!

"전에 살던 집 앞 CCTV 화면으로 짜깁기해서 눈치를 챘나보더라고?"

고은은 흰자위를 보이며 피식 웃는 로은을 보고 눈앞이 아찔해졌다. 영상은 로은에게만 보여줄 용도였다. 그놈은 곧 지옥으로 떨어질 테니까 이제 걱정 말고 방에서 나와도 된다고, 방문을 열어주는 역할까지만 하고 삭제하면 된다고 생각했다. 영상 형태라면 반응할까 싶어 극단적으로 사

악한 방법을 쓰기는 했지만, 그렇게 후벼파지 않았더라면 이렇게 얼굴을 마주할 날이 올 수 있었을까. 다만 너무 한 가지 목적에 사로잡혀 그 누구도 아닌 로은이 그것을 유포할 거라고는 미처 예상하지 못했다. 유포까지 가야만 그 영상이 본연의 소임을 다하는 것임에도 불구하고.

로은은 손가락으로 화면을 내려 자신이 임예준에게 보낸 답장까지 보여줬다.

—난 아니야. 하지만 누가 그랬는지는 알지. 궁금하니?

휴대폰을 다시 주머니에 넣은 로은은 신발장을 열어 끝이 쇠꼬챙이처럼 뾰족한 장우산 하나를 챙기며 말을 꺼냈다.

"잠깐 보고 올 생각이야."

"아니, 만나서 뭘 하려고."

"그 가짜 영상, 진짜로 만들어줘야지."

"뭐?"

"언니는 따라 나오지 마. 쉬고 있어."

5

고지받은 사실을 숨기려는 사람들이 적지 않았다. 목격자의 말을 거짓 증언으로 몰아가다 법정 싸움으로 번지는 경우도 보았다. 그럴 만했다. 고은의 회사 인사팀에서도 고지를 받은 사실은 분명 입사 지원자의 치명적인 약점으로 영향을 미치고 있었으니까. 지원자가 고지를 받은 적은 없는지 비밀리에 레퍼런스 체크를 해보라는 지시가 윗선에서 내려오기도 했고, 실제로 이전 회사에서 몇 년 뒤 시연을 받는다는 사실이 알려져 인사상 불이익을 받고 퇴직한 지원자가 같은 이유로 고은의 회사에 채용되지 않은 사례도 있었다. 물론 그 어떤 회사도 부당한 일을 행사할 때 곧이곧대로 이유를 밝히지는 않았지만.

어쩌면 임예준도 우기는 인간 중 하나로 취급되었으려나. 그는 심지어 '증거' 영상이 떴는데도 불구하고 아니라고 잡아뗐으니까. 시연 시기가 언제냐고 본인도 모르는 사실을 추궁당했을지도 모르겠다. 여기저기서 시달렸겠지. 새진리회나 화살촉 같은 곳에서 귀찮게 했을지도 모르고. 그렇다고 로은이 고통받은 일에 비할까 싶었지만. 고은은 피치피치에 격분하던 나날을 떠올리고 몸서리를 쳤다. 그 끔찍한 영상은 여전히 다 내리지 못했다. 그때는 경찰도 사설 업체도 불가능한 일이라고 했었는데 임예준의 영상은 어떻게 도려낸 듯 깨끗하게 사라졌을까. 아마도 임예준 본인이나 그의 가족 중 누군가 디지털 장의사 같은 사람에게 발 빠르게 의뢰했겠지. 얼마나 솜씨 좋은 전문가를 찾은 것인지 연락처를 물어보고 소개받고 싶을 정도였다. 아이러니한 점은 덕분에 영상의 조작 여부를 판별당한다든지, 뒤늦게 떠도는 영상에 덜미가 잡힌다든지 하는 걱정은 덜었다는 것이다.

고은은 로은을 말리지 않았다. 말릴 수 없었다. 마음을 바꾸라고 설득할 명분이 떠오르지 않았다. 그렇다고 혼자 그 일을 하도록 보고만 있을 수도 없었다. 가까스로 방문을 열고 나온 동생이었고, 밖으로 끌어낸 이는 고은이었다. 현관을 나서려는 로은을 붙잡고 그 순간 머릿속에 떠오른 계획을 침착하게 읊었다. 언니만 믿으라고, 혼자 투신하지 말고 함께 완전한 비밀로 만들자고, 법이나 미지의 존재 따위에 심판을 맡기지 말고 우리가 제대로 해보자고. 취업 면접 때보다도 간절하게, 공범으로 채용해달라고 어필했다. 적

극적으로 가담하여 기꺼이 손에 피를 묻히겠다고 다짐했다. 로은은 고은의 말을 잠자코 들었다.

약속 시간을 스물일곱 시간이나 늦추었으나, 임예준은 순순히 약속 장소에 나타났다. 겁도 없이, 무방비한 모습으로. 고은과 로은은 계획대로 놈을 항거불능 상태로 만든 뒤 차 트렁크에 구겨넣었다. 자매가 머리를 맞대고 힘을 합치니 약간의 부침은 있어도 못할 일이 없었다. 차를 몰고 몇 시간 동안 알아본 인적 드문 강으로 향했다. 그리고 준비한 도구들을 이용해 시연을 당한 것처럼 보이도록 처리했다. 페이스 아이디로 휴대폰을 열어 삭제할 것들을 꼼꼼히 체크하고, 인스타그램에 평소 그의 천박한 말투를 응용해 간단한 유서를 남기는 것도 잊지 않았다. 결국 그가 영상에 찍힌 대로 시연당했다고 여길 수밖에 없도록.

그러니까 그 꿈은 일어날 일이 아니라 일어난 일이었다. 저지를 미래가 아니라 저지른 과거였다. 부활로 어떤 특별한 예지력을 얻은 것이 아니라, 지워버린 과거가 생생한 악몽으로 튀어나온 것일 뿐이었다. 그래서 소용없는 일이라고 했던 거구나. 역시 로은은 허튼 말을 하지 않는다. 고은에게라면 더더욱.

고은은 서서히 차오르는 기억을 담담하게 받아들였다. 기억이 되돌아올수록 이상하게 안심이 되었다. 사람을 죽였는데 마음이 편해지다니. 살인을 했는데 잘했다는 생각이 들다니. 내내 긴장으로 굳어 있던 얼굴 근육이 부드럽게 풀어졌다. 임예준의 부활 가능성은 이제 희박한 것이 아니라 완전히 사라졌다. 기특하게도 과거의 우리가 싹을 뽑아준 덕분이었다. 손에 더러운 피를 묻혀가며 다시 돌아올 가능성 없는 '진짜 지옥'으로 인도해주었다.

미지근한 강바람이 불어왔다. 고은은 손등으로 입을 닦고 조약돌 더미에서 몸을 일으켰다. 한 손으로는 문어 인형의 말랑한 머리를 쥐고, 나머지 한 손으로는 로은의 손을 찾아 잡았다.

"미안해."

"뭐가?"

"혼자만 그 일을 잊어서."

어떻게 혼자만 그 일을 잊었을까. 언니만 믿으라고, 공범이 되어주겠다고 약속하고 다짐했는데. 고은은 오로지 그 사실 하나만 신경 쓰였다. 동생을 끔찍한 지옥 속에 혼자 둔 사실 하나만 아프도록 중요했다. 역시 자신은 지옥에 끌려가 마땅한 사람이었다. 이유 없이 지옥에 다녀온 것이 아니었다. 늘 어렴풋이 느낌으로만 지니고 있던 생각이 확실한 근거를 얻었다. 혹여나 지난 부활은 그쪽 시스템의 오류였다며 다시 고지를 받는 날이 오더라도, 고은은 당연한 순리로 받아들일 수 있을 듯했다. 이제 다른 것은 어찌 되든 괜찮았다. 각오가 되어 있었다. ■

묘수

박서련

박서련

철원에서 태어났다. 2015년 단편소설 〈미키마우스 클럽〉으로 《실천문학》 신인상을 받으며 작품 활동을 시작했다. 소설집 《호르몬이 그랬어》 《당신 엄마가 당신보다 잘하는 게임》 《나, 나, 마들렌》 《고백루프》, 장편소설 《체공녀 강주룡》 《마르타의 일》 《더 셜리 클럽》 《마법소녀 은퇴합니다》 《프로젝트 브이》 《카카듀》 《폐월; 초선전》 《마법소녀 복직합니다》, 짧은 소설 《코믹 헤븐에 어서 오세요》 《퍼플젤리의 유통 기한》, 산문집 《오늘은 예쁜 걸 먹어야겠어요》 등이 있다. 한겨레문학상, 젊은작가상 등을 수상했다.

"마지막으로 물을게. 정말 괜찮아요?"

방지민은 붓을 세우고 의뢰인의 눈을 똑바로 보며 물었다. 의뢰인은 방지민의 눈길을 피하지 않았지만 어쩐지 딴 생각에 잠겨 있는 것처럼 보였다.

"괜찮냐고, 그 사람 지옥 가도."

지옥. 방지민의 입에서 핵심적인 단어가 나오자 총기 없던 의뢰인의 두 눈에 빛이 돌아왔다. 의뢰인은 대답을 곧장 내놓지 못하고 망설이는 기색이었다. 정말 전형적이다. 방지민은 지루함을 내색지 않으려고 왼손으로 제 허벅지를 꼬집으며 생각했다. 어차피 대답은 뻔한데 이제 와서 뭘 고민하는 척이냐. 잠깐 더 고민하면 조금이나마 착한 사람이 된 기분이라도 드나. 방지민은 조심스레 눈동자만 굴려 손목에 찬 스마트워치를 쳐다보았다. 속으로 셋 셀 때까지 말 안 하면 그냥 가라고 해야지. 의뢰인은 눈을 질끈 감았다가 다시 뜨며 작은 소리로, 그러나 결연한 어조로 말했다. 방지민이 입속으로 둘까지 헤아렸을 때였다.

“네, 죽여주세요.”

그럴 줄 알았다. 그냥 가라 했어도 소매 붙들고 잘못했다, 부적 제발 써달라 빌었겠지. 전형적이야, 이런 반응까지도 너무너무 전형적이야. 방지민은 고개를 저었다.

“말씀은 바로 하셔야지. 제가 죽이는 게 아니고, 손님이 죽이는 것도 아니고, 죽게끔 하는 거예요.”

“아, 맞아요. 죽이는 건 그…… 사자? 사자죠.”

“그렇죠. 그게 달라.”

방지민은 참기름에 갠 붉은 경면주사 물감을 붓 끝에 적시며 툭 던지듯 덧붙였다.

“내가 무당이지, 킬러는 아니잖아요.”

그럼요 그럼요, 맞아요 맞아요. 의뢰인은 제 턱 앞에 양손을 마주 모아 비비며 고개를 조아렸다. 영검한 무당 앞에서 작은 실언을 했으니 마땅히 그런 동작을 취해야 한다고 느낀 모양이었다. 방지민은 굳이 말리지 않았다. 이래서 무의식이 무서워, 누가 시킨 것도 아니고 그래야 한다고 가르쳐준 적도 없을 텐데 알아서 저러는 게. 몸을 앞뒤로 흔들며 손을 비비는 의뢰인을 못 본 체하며 방지민은 누런 괴황지를 펼쳐 한가운데에 손바닥만 한 원을 그렸다. 세필 붓으로 거침없이 그린 동그라미는 기세가 좋아 보이는 필치에다 컴퍼스로 그린 것처럼 모양이 정확했다. 의뢰인이 저도 모르게 와아 하고 내뱉은 작은 탄성에 방지민은 기고가 만장해졌다. 이쯤이야 기본이지. 얼마나 많이 연습한 건데.

"이런 거는 재액호출부라 해서, 오래 갖고 있을 물건 못 돼."

하도 많이 만들어봐서 눈 감고 써도 스스로 획이 달리는 부적이다. 방지민은 물 흐르는 듯한 손놀림으로 원 둘레에 붉은 글씨를 그려넣으며 경고했다. 의뢰인은 꿇은 무릎 위로 손가락을 꼼지락거리며 불안한 듯 물었다.

"그럼 어떡하죠?"

"건네줄 사람 얼른 건네주고, 그날은 집에 와서 눈에 인공눈물 넣고, 입 소금물 가글하고. 집에 소금 통 하나 있죠? 소금 통을 귀에다 대고……"

"뿌려요?"

"아니, 중이염 걸릴 일 있나?"

방지민이 혀를 끌끌 차자 의뢰인의 얼굴이 조금 붉어졌다. 부끄러워서도 그렇겠지만 한술 더 떠 옅은 모멸감을 느끼는 듯한 눈치였다. 그러고 보니 이 무당, 아까부터 말이 조금 짧은데? 하는 불만이 적나라했다. 척 보면 알지, 눈칫밥으로 먹고산 게 몇 년인데. 방지민은 아차 싶은 내색을 숨기며, 그렇다고 쫄았다는 티를 내진 않으려 애쓰며 적당히 공손한 어조로 말했다.

"소금 통 차카차카 흔들면서 소리를 들으세요. 그러고서 이 부적 본 적 없고 입에 담은 적 없고 들은 적도 없는 셈 치는 거예요."

규칙은 구체적이면 구체적일수록 좋다. 의미가 모호하면 금상첨화다. 자잘하고 쓸데없이 많은 의미불명의 규칙들이 의식을 의식답게 한다는 것을 방지민은 잘 알고 있었다. 의뢰인은 좋은 걸 배웠다는 듯 아아, 소리를 내며 고개를 크게 끄덕였다.

"근데요 선녀님. 제가 그 새끼하고 연락이 안 되거든요. 만나야 이걸 줄 텐데, 어떡하죠."

이마저도 전형적이긴. 이런 케이스에 대한 솔루션도 방지민에게는 별것이 못 되었다.

"빌라나 아파트 같은 데 공동 현관 우편함 있잖아요. 거기 투입구 있죠, 우편물 집어넣으면 열리는 그 뚜껑 뒤에다 딱 붙여놔요. 절대 못 찾아. 우편함이 어떻게 생겼지? 네모 모양이죠? 그거를 작은 집이라고 보는 거거든. 집에다 부적 넣은 거랑 똑같은 거예요. 단점은, 가족들하고 같이 살면 표적 대신에 가족들한테 횡액이 끼칠 수가 있다는 거."

"다행이다. 그 새끼 원룸에서 혼자 자취하거든요."

의뢰인은 정말 마음이 너무나 놓인다는 듯 가슴을 들썩이며 긴 한숨을 내쉬고는 묻지도 않은 소리를 했다. 다행은 뭐가 다행이람, 누구 하나 꼭 지옥 가길 바라는 험한 마음 품고서는. 죽는 게 그 새끼든 그 새끼 부모든 뭐 그리 다르다고. 의뢰인은 쾌재를 부르며 신당 문을 나섰고 방지민은 소반 밑에 두었던 휴대폰을 집어 들었다. 복채는 계좌이체로 받고 수입 일정량으로는 주식을 사는 게 방지민의 철칙이었다.

이런 썅 또 떨어졌네.

주식 앱을 켠 방지민은 이맛살을 찌푸리며 혀를 찼다. 만약 내가 진짜였다면, 진짜 신빨이 죽이는 영검한 무당이었다면 뭐가 오르고 뭐가 떨어질지도 귀신같이 알았을까? 방지민은 웃었다. 헛생각을 떨쳐내려 과장된 소리로 풋, 하며 스스로를 비웃었다.

진짜 무당이었으면 이딴 짓거리 할 생각도 않았겠지.

죽이고 싶은 인간에게 지옥사자를 붙여주는 부적. 그걸 써줄 수 있는 유일무이한 무당. 그게 방지민의 역할이었다. 방지민은 배역을 끝내주게 소화하고 있었지만 영화제나 방송국 연말 시상식에 방지민의 자리는 없을 터였다. 사람들은 방지민의 일을 연기가 아니라 사기라고 부를 테니까.

그렇지만 그게 뭐가 나쁘단 말인가, 세상천지가 온통 이 모양인데.

온 세상이 세트장인데, 사기를 안 치면 그게 더 이상한 것 아닌가.

방지민은 청주에서 일 년을 산 적이 있다. 그때도 죄목은 사기였다. 십대 중반에 집을 나와 전국을 떠돌며 이 집 저 집을 전전한 방지민에게 복역은 그다지 나쁘지 않은 경험이었다. 때 되면 밥 나오고 같은 방 언니들이 막내라고 관심도 주고. 비록 틈만 나면 방지민을 모자란 년이라고 놀려대는 언니들이긴 했지만. 언니들 말에 따르면 사기 초범이, 그나마도 남자들한테 구라를 쳐서 번 푼돈으로 피시방이나 다니던 잡범이 집행 유예 없이 형기를 그렇게 받은 건 정말 운이 나쁜 거였다.

아니에요, 저 당근 거래 사기도 쳐봤고 자해공갈도 쳐봤어요.

방지민이 남자들 등을 쳐서 얻은 가장 값진 물건은 당시 미쳐 있던 게임의 전설 아이템과 야구선수 사인 유니폼 정도였지만, 얕보이기 싫어 센 척을 해보기도 했다. 언니들은 방지민의 허세를 듣는 둥 마는 둥 하며 코웃음을 쳤다. 자랑이다 이년아, 니미 구라 뽕.

시팔 사람이 뭔 말을 해도 믿질 않어.

하기사 자기가 모자란 것도 맞고, 운이 없는 것도 맞다는 생각을 방지민은 종종 했다. 냄새나게 생긴 주제에 아다 뗀답시고 채팅으로 여중생 조건 만남 찾아다니던 개찐따 새끼, 그 새끼 애비가 부장판사인지 뭔지만 아니었어도. 채팅할 땐 지네 집 잘산다고 자랑하더니 막상 만나니까 돈 좀 깎아달라고 찌질대길래 당연히 구라인 줄 알았는데. 참 좋겠다, 누구 애비는 공부 많이 해서 돈 많이 벌고 존경받는 일 하고 누구 애비는 술 처먹고 처자식 줘패는 게 일이고. 세상이 이렇게 불공평하다니까.

그렇다고 방지민이 내내 불운하기만 한 건 아니었다. 오히려 복역을 계기로 운수가 좀 트였다고 할 만했다. 같은 방에 사기 전과 13범이 있었고, 그 언니가 유독 방지민을 예뻐했으며, 그때껏 방지민 자신도 모르고 있던 사실이 하나 밝혀졌기 때문에.

너는 탈도 좋고 머리도 좋으니까 연기가 딱이야.

사부를 자처하던 전과 13범에게서 그 말을 들었을 때 방지민은 어리둥절했다. 머리가 좋다고? 내가? 다른 언니들이 눈만 마주치면 모자란 년이라고 놀려대는 내가? 방지민은 그 평가가 자신이 아는 모든 이를 통틀어 가장 구라를 잘 까는 인간의 입에서 나왔다는 점을 미심쩍어하면서도 금세 그 말에 매료되었다. 그렇군, 아니 역시 그랬군. 방지민이 아는 한 그 자신의 불운은 십대 중반에 뛰쳐나올 수밖에 없었던 망할 집구석에서부터 시작되었으나, 행운 또한 그 집구석에서 물려준 핏줄에서 비롯된 거였다. 방지민은 모순 없이 행불행을 납득할 수 있었다. 하나 빼앗겼으면 하나를 얻는 건 당연하니까. 애비가 술 처먹고 주먹 쓰고 애미는 도망치는, 전형적으로 씹창 난 집구석에서 태어났어도 내가 아주 박복한 건 아니구나.

인생의 모든 중요한 것을 방지민은 교정시설에서 배웠다. 사기는 연기라는 것을, 따라서 예술이란 것을, 그걸로 돈을 벌고 싶다면 남자들이 아니라 여자들을 후려야 한다는 것을. 아, 이래서 언니들이 교도소를 학교라고 하나보다. 때때로 방지민은 감동에 사로잡혀 그런 생각을 곱씹었다.

문제는 시나리오였다. 남자들은 바라는 바가 뚜렷해서 속이기도 쉬웠지만 그만큼 뭔가를 받아내려 했고, 여자들은 방지민에게 아무것도 요구하지 않는 대신 잘 속아주지도 않았다. 똑똑한 여자들을 속이려면 그들이 냉정을 유지할 수 없는 분야를 건드리는 시나리오가 필요했다. 사부도 말하지 않았는가. 내가 연기를 그렇게 잘하는데도 자꾸 학교 오는 이유가 뭔지 아니? 대본이 없어서 그래, 대본. 탄탄한 서사 말야.

그러니까 그게 뭐냐고. 여자들이 껌뻑 죽는 기깔 난 시나리오, 무슨 소재로 쓰냐고.

출소 후 서너 달 동안 쉬는 날도 없이 미용실 바닥만 쓸면서 방지민은 생각하고 또 생각했다. 복역 중에 배운 네일아트로 디자이너니 원장이니 하는 여자들의 손톱을 꾸며주거나 미용실에 드나드는 여자들의 대화를 엿들으며 밤낮으로 그들의 심리를 연구했지만 이렇다 할 소재는 떠오르지 않았다.

서울 한복판에 시커먼 미쉐린 같은 괴물이 나타나 사람을 태워 죽였다는 소식을 접했을 때도 방지민은 심드렁했다. 당장 내가 굶어죽게 생겼는데 지옥은 뭐고 의도는 또 뭐야. 염병 땀통에 오렌지주스 솟는 소리 하고 앉았네. 박봉도 서러운데 원장 비위 맞추기도 까다로운 미용실은 진작 그만둔 참이었다. 모아둔 푼돈은 아낀답시고 아꼈는데도 고시텔 월세 두 달 치 정도밖에 남지 않았고, 그마저도 피시방 값으로 야금야금 녹는 중이었다. 방지민은 남녀공용 화장실 휴지걸이에 휴지 대신 놓인 대부업체 명함을 자주 들었다 놓았다 했다. 언니들이 사금융은 손대는 거 아니랬는데. 아직 바른 생각을 할 머리는 있었지만 손에는 그 생각이 닿지 않는지, 방지민이 대부업체 명함을 쥐고 못 놓는 시간은 점점 길어져갔다.

인터넷으로 정진수를 처음 보았을 때 했던 생각도 대단

치는 않았다. 이야, 사기 존나 잘 치게 생겼다 정도? 사부의 말을 빌리면 탈 좋고 머리 좋고 시나리오까지 받쳐주는, 신이 내린 배우. 마침 신의 의도를 대신 전한다는 약을 팔고 있는 것마저 적절하지 않은가. 부럽다, 나도 저런 시나리오 하나 있어야 하는데. 정진수가 보따리로 돈을 갖다 바치는 추종자들도 마다하고 고시텔에 산다느니, 대중교통을 애용하며 봉사활동을 다닌다느니 하는 미담을 듣고서도 방지민은 생각을 바꾸지 않았다. 역시 신이 내린 배우야. 일상이 그냥 메소드 연기네.

부적을 팔아야겠다는 아이디어가 떠오른 건 박정자의 시연 영상을 보았을 때였다.

뭐야…… 저건?

저런 게 방송에 막 나와도 되는 거야?

시연 전 고지 영상을 봤을 때만 해도 방지민은 상황을 믿지 않고 있었다. 나머지 한국인들 대부분과 마찬가지로. 백보 양보해 반신반의 정도만 해도 크게 다를 것은 없었다. 신의 뜻으로 죽는다는 것은 뭐랄까 결국, 천재지변이니까. 언제 죽을지를 미리 알았다는 점을 빼면 박정자는 지진, 해일, 화재 등으로 죽는 사람들과 다를 바가 없었다. 그래야 했다. 그런데 그 죽음이 '시연'의 대상이 되자, 그리하여 피할 길 없이 그 죽음을 목격하게 되자, 방지민은 당황했다.

살인이다.

피가 튀고 살이 끓는 살인이 방금 실시간으로 중계됐다. 비록 그 범행의 주체는 초자연적인 존재지만 피해자는 방금 전까지만 해도 살아 있던 인간. 범행에 휘말린 무작위의 타인들까지 상해를 입었다. 이게 살인이 아니면 뭐란 말인가. 그런데도 이게 방영됐다는 건 상황이, 세상이 돌이킬 수 없이 바뀌어버렸다는 의미가 아닐 수 없다는 걸 방지민은 직감했다.

이용할 수 있겠다.

이거, 써먹을 수 있어.

아이디어가 떠오른 건 위화감이 온몸을 쓸어내린 직후였다. 신이 내린 배우까진 아니어도, 신 내린 척이라면 나도 할 수 있어. 손끝이 떨리는 이유는 보고도 믿기 어려운 참상을 목격해서인지, 조금 전 떠올린 아이디어가 대박이라서인지 구별되지 않았다.

방지민은 검색창에 정진수의 이름을 입력했다. 고지가 뭐고 시연은 뭔지, 고지의 천사와 지옥의 사자는 어떻게 다른지, 지금까지 어떤 사례들이 있었는지 연구할 필요가 있었다. 방지민은 신의 의도를 전하는 대리자 정진수는 믿지 않았지만 고지 사례 연구자 정진수의 말에는 귀를 기울였다. 남들보다 빨리 이 현상에 대해 파악하는 게 중요했다. 사람들이 모두 어리둥절해 있을 때 나름의 이론과 체계를 만들어 무지에서 벗어난 선지자처럼 보여야 했다.

정진수가 그랬듯이.

그래, 그 신이 내린 배우가 그랬듯이 말이다.

손님은 익명 채팅 앱을 이용해 받는다. 방 제목은 개발자 출신 무당 명왕선녀. 방 설명에는 '간절한 소원 성취, 부적 써드립니다'라고 써두었다. 아무렴 죽이고 싶은 새끼한테 사자를 붙여 대신 죽여드리는 부적이라고 쓸 수는 없으니까. 그렇지만 익명으로 활동할 수 있는 커뮤니티 사이트나 SNS 등지에는 손님인 척하며 직접 쓴 후기를 여럿 남겨두었다.

개쓰레기 구남친 고지받은 썰. 친구들이 그렇게 헤어지라고 말렸는데도 나 혼자 눈 뒤집혀서 만나던 남자가 있었거든. 난 진짜 결혼까지 생각했는데 이 새끼 알고 보니까

유부남이네. 유부남인 거 알게 된 것도 대박인 게 나보다 전에 만나던 여자가 내 인스타로 디엠 보냄. 그 전 여친은 그 새끼 때문에 낙태까지 했대. 너무 기가 막혀서 그 미친 새끼 천벌받았으면 했는데 진짜 고지받았대. 시간도 얼마 안 남음. 이 부분이 진짜 대박인데 나한테 그 새끼 유부남이라고 말해준 언니(그새 좀 친해짐;ㅋㅋ)가 부적 써서 그런 거래. 나도 처음엔 안 믿었는데 언니가 그 무당 한 번만 만나보라고 신점도 잘 본다고 해서 속는 셈 치고 같이 갔는데 너무 잘 맞혀서 나 그날 펑펑 울었잖아. 여기부터 소름 주의. 그 무당이 나 중딩 때 왕따당한 거 맞힌 김에 주동자도 고지받게 부적 써달랬거든? 근데 그건 못 써준다는 거야. 왜냐고 물어보니까 걔는 벌써 고지가 왔을 거래. 솔직히 엥 뭔 소리지 싶었는데 방금 중딩 때 동창한테 카톡 옴. 그 가해자년 고지받은 거 들었냐고. 너넨 어떻게 생각할지 모르겠지만 나 지금 너무 행복함.

레퍼토리는 다양하다. 그야 죽어 마땅한 인간상이 다양하기 때문. 줄거리는 매번 비슷하다. 권선징악 서사라는 게 원래 좀 단조로운 편이니까. 방지민은 예약이 좀 뜸하다 싶을 때마다 그런 사연을 지어내 여기저기 올리고 퍼 나른다.

이게 다 마케팅이지, 바이럴 마케팅. 그런 차원에서는 댓글 모니터링도 업무의 일환이라 할 수 있다.

야, 사이다 바가지로 퍼먹은 느낌이다. 역시 신의 의도는 정확하군요. 글 보니까 나이 별로 안 많은 것 같은데 고생 많았고 앞으로 쓰니한테 좋은 일만 있길. 물론 긍정적인 댓글만 달리진 않는다. *신의 의도는 지랄. 주작을 멈춰주세요. 사람 죽는 걸로 기뻐하는 너도 똑같음. 관리자님 안 계세요? 게시판 성격에 안 맞는 글 불쾌합니다.* 우습게도 부정적인 댓글이 많을수록 문의 쪽지도 많다. 그 무당은 누군지, 어떻게 예약하면 되는지, 복채는 얼마쯤 되는지. 방지민은 답장으로 명왕선녀 채팅방 링크를 보낸다.

상담 예약 성사율은 사 할 정도. 일대일 채팅방에 들어와 다짜고짜 자기 나이나 자기가 지금 하는 생각을 맞혀보라며 신기를 시험하는 인간, 욕설을 퍼붓거나 혐오스러운 이미지를 보내고 바로 퇴장하는 인간들을 제외하면 거의 백 퍼센트에 가깝다. 인터넷에 떠다니는 글을 보고서 글 속의 무당을 만나고 싶어 굳이 글쓴이에게 쪽지까지 보내는 수고를 감수하는 인간이라면 십중팔구 하루빨리 죽었으면 좋겠다 싶은 존재가 있게 마련이고 그런 간절함을 품은 인간에게 장난 따위를 칠 여력은 없는 법이다.

상담은 무조건 대면으로 진행. 채팅 내역이나 통화 내용 녹음 유출 같은 걸 당하면 곤란하니까. 엄밀히 말해 살인 청부라 할 수는 없지만 사기라서, 아무래도. 방문 상담까지 진행한 의뢰인은 무조건 부적을 쥐고 신당을 나간다. 방지민은 비밀 유지 서약서를 쓰게 하는 것으로 모자라, 엄포를 놓아 의뢰인들의 입단속을 시킨다. 이게 흔히들 말하는 '살 날리기'라서 잘못되면 자기도 죄받고 의뢰인에게 살이 돌아가니, 부적에 대해서는 물론 자기와 만난 것도 비밀에 부쳐야 한다고 신신당부하는 식이다. 비밀 유지 서약서까지 쓴 의뢰인은 더 이상 물러서지 않는다. 어차피 비밀을 지키기로 했으니, 진짜 비밀로 해야 할 만한 일을 저지르고 말겠다는 태도다. 그쯤에서 방지민은 살살 안전장치를 놓기 시작한다.

고지라는 게 언제 올지 모르고 고지가 와도 시연이 언제일지는 모르는 거잖아, 그쵸? 이 부적의 원리는요, 신의 눈에 빨리 띄게끔 하는 거야. 우리 손님, 게임 좋아하시나? 게임에서 가끔 몸 주변에 특이한 색깔 아우라가 나오는 몬스터 같은 게 있죠. 표적은 신의 눈에 그렇게 보이게 되는 거야. 그러면 어떻게 되겠어요? 먼저 잡히겠죠, 다른 몬스터보다? 그런 부적이란 말이지, 이게. 그래서 언제라고 딱 시기를 땅땅 못 박아줄 수는 없어요. 언젠가 받는다는 것만 아시면 돼.

이성적인 판단이 가능한 상태라면 누구나 방지민이 말장난을 치고 있을 뿐이라는 사실을 간파해낼 수 있을 것이다. 고지란 원래가 언제 누구에게 올지 모르는 것이니까. 방지민이 복채를 갈취하는 명목은 의뢰인이 지목한 누군가가 고지를 받을 가능성에 100을 곱해준다는 말과 같다. 그 가능성의 x값이 0인지 아닌지는 방지민 자신도 모르는 채로. 따라서 방지민이 부적을 쓰든 굿을 하든, 어떤 사람이 고지를 받거나 받지 않을 가능성은 조금도 변하지 않는다. 그러나 부적을 쓰러 올 정도로 누군가의 죽음을 간절히 바라는 인간에게 그런 판단 능력은 없다. 방지민이 느끼기에 의뢰인들은 도리어 자진해서 속으려 안달이 나 있었다. 자기가 거액을 들여 부적까지 써가며 그 누군가의 죽음을 기원한 이상 그 인간은 반드시 죽을 거라는, 꼭 죽어야만 한다는 희망에 속는 것이다.

얼마나 좋아, 난 돈 벌어 좋고 손님은 희망 품어 좋고.

방지민은 직업적인 보람을 느낄 정도로 자기의 시나리오에 몰입해 있었고, 돈은 착실히 모였으며, 자본이 풍족해질수록 개발자 출신 MZ무당 명왕선녀의 설정은 단단해졌다. 조용한 곳에서 대면 상담을 한답시고 스터디카페 4인실을 예약하러 다니던 시절을 지나 연기 시작한 지 일 년 만에 정릉 구옥에 전세를 내서 신당을 차렸고 알 카라지와 앨런 튜링과 스티브 잡스를 탱화풍으로 그린 특별 주문제작 병풍을 놓아 그럴싸한 분위기를 냈다. 이 년이 지나자 전세로 살던 구옥을 아예 사서 리모델링을 하는 게 나을지 대출 끼고 따로 아파트 같은 데다 거처를 마련하는 게 나을지를 고민할 수 있을 만큼 돈이 모였다. 세상 돌아가는 꼴은 눈 뜨고 못 봐줄 만큼 망가져가고 있었지만 어떤 시대에나 위기를 이용해 팔자를 고치는 인간이 있게 마련이고, 방지민은 그 운때를 놓치지 않은 스스로를 늘 대견해했다.

물론 언제나 승승장구한 것만은 아니었다. 사업을 시작한 지 삼 년 되었을 무렵, 사부를 자처하던 전과 13범 사기꾼이 나타난 게 첫 위기였다. 어떻게 알았는지 예약도 없이 신당까지 쳐들어와서는 자기가 신어미 행세를 하겠다고 조르길래 좋게 타이르고 용돈 조로 몇 푼 쥐여 돌려보내려 했더니만, 방지민의 정체와 치부를 전부 폭로할 거라고 협박을 해대는 게 아닌가. 그 여자는 전과 13범이고 자기는 초범이었다는 사실을 방지민은 똑똑히 기억했다. 전과는 사기를 친 구력이 아니라 몇 번이나 들켰는가의 증명이라는 사실을.

언니 나는요, 지금 연기를 하고 있는 게 아니고 진짜 신을 받은 거거든요. 내가 연기를 하는 거면 언니 말대로 하지, 왜 안 하겠어요. 언니가 나한테 해준 게 얼만데. 근데 나는 신어머니가 따로 계시고, 아니 신어머니가 다 뭐야. 신이 엄연히 살아계셔서 천벌이 비처럼 내리는 세상에 내가 어찌 감히 사람을 속이고 살겠냐고요. 나는 손 다 씻었어요.

사부는 그 정도에 속을 사람이 아니었다. 13이 사기꾼 레벨이 아니라 잡힌 횟수를 나타내는 숫자라 해도 경험치는 거짓말을 하지 않는 법. 방지민도 그걸 모르지 않았다. 그렇다고 꼬리를 내릴 생각은 없었다. 탄탄한 시나리오를 깔고 앉아 클레임 한 번 없이 가짜 부적만 천 장 가까이 그려온 자기가 출소한 지 얼마 안 된 어수룩한 사기꾼에게 밀리다니 말도 안 되는 일이었다.

그리고요 언니. 이건 말을 안 할 수가 없겠네…… 언니도 그대로 살다가는 고지받아요. 그런 기운이 보인다고요. 난 보면 알아요.

얘 봐라 어디서 장난질이니, 새파랗게 어린년이 늙은 언니 등쳐 먹으려 하네, 에끼 이년아 고지는 개뿔. 사부는 순순히 속지 않겠다는 듯 으름장을 늘어놓으면서도 방지민이 눈물을 참으며 묵묵히 쳐다만 보는 동안에 점점 안색이 질려갔다. 아무리 사기꾼이라도 속을 수밖에 없는, 아니 오히려 노련한 사기꾼일수록 속기 좋은 말이었다. 지금껏 쌓은 크고 작은 죄와 업보를 그 자신보다도 잘 아는 사람은 없을 테니까.

종내에 사부는 방지민과 얼싸안고 엉엉 울다가 아무렇게나 그린 방호부를 얻어 신당을 나갔다. 지옥사자를 빨리 부르는 법을 알면 멀리 떼놓는 법도 알 거 아니냐고 졸라대서 하는 수 없이 그려준 것이었다. 이게 되네? 이걸 믿네? 방지민은 기이한 심정에 사로잡혔다. 사부를 자처하던, 자기보다 훨씬 경험 많은 사기꾼을 속이다니, 믿을 수 없는 노릇이었다. 혹시 그 여잔 속은 게 아니라 속는 척하며 날 역으로 속인 게 아닐까 하는 불안이 한동안 신당 안을 서성거렸지만, 사부는 정말로 시연을 받기라도 한 듯 완전히 자취를 감추고 다시는 연락을 하지 않았다.

불안감이 찾아들자 방지민은 방호부를 새로운 사업 아이템으로 사용하면 어떨지를 고려하기 시작했다. 난 혹시 천재가 아닐까, 위기를 기회로 삼기의 천재? 그러나 방지민이 방호부를 쓴 것은 그때가 처음이자 마지막이 되었다. 고지를 피하는 방호부라면 이미 다른 데에서도 많이들 팔고 있어 경쟁력이 없었고, 만에 하나 방호부를 사고도 고지를 받는 사람이 나타나면 뒤탈이 있을 게 뻔했다. 원래 팔던 재액호출부가 독약이라면 방호부는 백신이니까. 남에게 먹일 독약을 사는 사람의 마음과 제 건강을 지키려고 백신을 맞는 사람의 심정이 같을 수는 없는 것이었다. 몰래 독을 먹인 사람은 표적의 몸에 독이 퍼지는 걸 지켜볼 인내심이 있지만, 백신을 맞고도 병에 걸린 사람은 자기의 생활습관을 반성하기보다 곧장 백신을 탓하게 마련. 실상 방지민이 파는 것은 독약도 백신도 아닌 맹물이나 마찬가지였으나 괜한 후환을 만들 필요는 없었다.

새로운 사업 아이템이 급한 것도 아니고 불시에 나타난 사부도 더는 소식이 없었으므로 첫 위기는 큰 득실 없이 일

단락된 셈이었으나 두 번째 위기는 그렇게 만만치가 못했다. 배영재와 송소현 부부의 아기가 고지와 시연을 받을 무렵 화살촉이 명왕선녀를 주목하기 시작한 것이었다.

신은 지옥에 가야 마땅한 죄인에게만 고지를 내린다. 그리하여 신이 존재한다는 사실과 신의 눈앞에서 죄를 지으면 어떻게 되는가를 알려 어리석은 인간들을 일벌백계한다. 방지민이 이해한 바 새진리회와 화살촉이 주장하는 '신의 의도'란 그런 것이었고, 방지민은 절대로 그 주장에 동의할 수 없었다.

그럼 국내 1호로 공개 시연을 받은 사람이 박정자인 건 어떻게 설명할 건데? 교도소나 구치소에도 사람은 차고 넘치는데, 검증된 범죄자들 놔두고 중죄가 있는지 없는지 아리까리한 민간인한테 고지를 보낸 이유는 대체 뭔데? 시커먼 미쉐린 패거리가 백주대낮 서울 한복판에서 행패를 부리는 걸 보아서는 우리 인간들이 감히 이해할 수 없는 뭔가 거대한 존재가 있다는 건 인정할 수밖에 없고, 편의상 그 존재를 '신'이라고 부르는 것까지야 좋지만, 그의 의도를 인간들의 법과 윤리로 해석하려는 게 가당키나 한 일인가? 오히려 신의 의도를 아전인수로 해석하는 게 더 '죄'에 가깝지 않나?

방지민의 생각은 그랬지만 화살촉의 생각은 달랐던 모양이다. 부적을 쓰면 누구에게나 고지를 내릴 수 있다는 방지민의 주장이 신의 의도를 오염시키는 짓거리로 규정되었고, 방지민이 홍보차 인터넷에 올린 글마다 그런 내용의 악성 댓글이 만선을 이루었다. 신의 의도를 이용해먹는 사기꾼이라는 댓글 따위는 방지민에게 별 타격이 못 되었지만 악성 댓글이 그렇게 달리는데도 쪽지가 안 오는 건 치명적인 일이었다. 게시물 비추천이 가능한 커뮤니티에서는 순식간에 홍보글이 블라인드 처리되는 경우도 심심치 않게 발생했다.

손님이 뚝 끊긴 신당 안에서 전자담배만 빡빡 피우며 방지민은 시름에 빠져들었다. 아직까지는 댓글로만 지랄이라 참 다행이긴 한데 앞으로는 어떡해야 하나. 공개적으로 활동하는 새진리회와 달리 화살촉은 주로 수면 아래에서 활동하는 점조직인데다 구성원 대부분이 인터넷에 상주하는 지박령들이라 여러모로 골치를 아프게 할 터였다. 가령 화살촉 일당 가운데 누군가 신당 주소지 소유자 이름을 알아내고, 꼴에 공무원이나 경찰 노릇을 하는 조직원이 내 이름을 검색해보고, 사기 전과를 들춰내고, 걔네 조직 파급력을 이용해 신상을 유포한다든가. 화살촉은 이미 이와 유사한 방식으로 여러 사람을 골로 보낸 전력이 있었기에 방지민은 어렵지 않게 다음 과녁이 된 자기를 상상해볼 수 있었다.

이참에 사주나 제대로 배워가지고 일본에나 갈까? 일본에는 사주 보는 집이 드물어서 사주 복채 존나 비싸다던데…… 아니지, 교포 상대로 장사를 할 거면 미국이나 캐나다도 안 될 거 없지. 근데 다른 나라로 가서 산다고 화살촉이 더는 지랄 안 하리란 보장이 있나. 아니, 애초에 왜 내가 그 새끼들을 피해 다녀야 돼. 진짜 죄는 그쪽이 짓고 있는데. 난 내 죗값 옛날에 다 치렀고 지금은 사람들 좋으라고 하얀 거짓말 하며 먹고사는 게 단데.

방지민은 뾰족한 방도를 떠올릴 도리가 없었다. 때때로 억울함에 몸부림치고 언제 정체가 폭로될지 모른다는 두려움에 떨며 시간을 흘려보낼 뿐이었다. 그러는 사이 방지민이 그 어느 때보다도 큰 위기라 느꼈던 이 시기는 저절로 지나가버렸다. 배영재, 송소현 일가의 시연이 공개되면서 그때껏 새진리회가 부르짖어온 '신의 의도'가 불투명해진 덕이었다. 생후 일주일도 안 된 아기가 고지를 받고 시연을 당할 수 있다면 그 어떤 인간도 신의 분노를 피할 수 없을 터. 그건 인간 자체가 원래부터 죄의 덩어리라는 기독교적 원죄론의 증명이었고, 어느 누구에게나 고지를 내릴 수 있다는 방지민의 사업 논리와도 맥이 통하는 것이었다.

신이 있다면, 아니.

신은 있고, 그건 아무래도 내 편인가보다.

여태 신의 권위를 팔며 살아온 사람 치고 새삼스럽게도, 방지민은 처음으로 신에게 진심으로 감사한 마음이 되었다. 조직과 교리를 개편하는 동안 화살촉의 주의는 방지민에게서 멀어졌고, 새진리회 같은 거대 종단은 애초부터 방지민의 구멍가게 따위를 신경 쓸 이유가 없었다. 더는 누구도, 그 어떤 조직도 방지민의 사업에 훼방을 놓지 않을 거란 의미였다.

“듣던 대로 신당 콘셉트가 독특하네요. 개발자 출신이셔서 그런가?”

방지민이 이 사업을 개시할 때 개발자 출신이라는 설정을 붙인 이유는 제대로 된 신당을 차리지 못하던 시절 스터디카페에서 점사를 보는 게 어색하지 않았으면 해서였지만, 손님들은 의외로 이 설정을 좋아했다. 한때 기술 집약적인 첨단 산업의 세계에 몸담았으나 무당의 길을 걷지 않을 수 없었다는 점이 상상을 불러일으키는 모양이었다. 얼마나 신빨이 센 신을 받았길래 멀쩡한 일을, 그것도 무속이랑은 정반대되는 업종을 때려치울 수밖에 없었을까. 즉, 명왕선녀 방지민은 대체 얼마나 용한 무당인 걸까 하는 상상.

"저한테는 이분들이 신령이고 장군이셔서. 그나저나 둘이 같이 공수받으시려고?"

"아, 예. 안 될 거 없죠?"

무당이라곤 해도 방지민은 궁합 같은 것을 보지 않기 때문에 남녀 한 쌍이 손님으로 오는 일은 극히 드물었다. 수상하네. 방지민은 넉살 좋아 보이는 중년 남자와 수더분해 보이는 젊은 여자를 티 나지 않게 번갈아 관찰하며 생각했다. 이 새끼 봐라? 한 명 나가라고 할까봐 잽싸게 안 될 거 없잖냐고 선수 치는 게 보통은 아닌데. 들어오면서부터 '들던 대로' 독특하다고 하지 않았나? 어디서 뭘 들은 거지?

"같이 들어도 상관은 없지만 상담하시려면 카메라는 끄세요."

방지민의 말에 젊은 여자가 헉 하고 숨을 몰아쉬며 입을 가렸다. 산전수전 풍부하게 겪어보았음직한 남자도 잠깐 눈이 휘둥그레지는 눈치더니 팔꿈치로 여자를 쿡 찌르는 것으로 보아 방지민이 제대로 짚은 모양이었다. 놀라기는 방지민이 더 놀란 터였다. 그게 무슨 소리냐고 적반하장으로 나오기라도 하면 오늘 여기서 보고 들은 건 기억 속에 남기지 말고 다 잊어버리라는 뜻이었다고 둘러댈 생각이었고, 정 찜찜하면 중도에 복채 안 받을 테니 그냥 가라고 할 수도 있었다. 와, 나 지금 눈치 지렸다. 촉으로 살았다. 어쩐지 커플 같지도 않고 가족 같지도 않더라니, 방송국 놈들이었구나. 아니 근데 이 생양아치 같은 새끼들, 미리 말도 없이 카메라를 숨기고 손님인 척하면서 온 거야? 고운 마음으로 오진 않았겠구나. 방지민은 생글생글 웃으며 머리를 굴렸다.

"약간 오해가 있으신 것 같은데."

놀라서 갈라진 남자의 목소리는 별로 신뢰가 가지 않았다.

"저희는 명왕선녀님이 요즘 젊은 층에서 개발자 출신 MZ무당으로 각광받고 있다는 소문을 듣고 사전 취재차 왔고요. 소개가 좀 뒤늦습니다만 사실 전 이런 사람이고요. 과연 선녀님은 진짜구나 싶네요."

"말씀은 감사한데 썩 기분이 좋진 않네요? 나야 그렇다 치고 우리 장군님들이 노하셔."

방지민은 비스듬히 돌아앉아 남자의 눈길을 옆얼굴로 흘리며 말했다. 남자가 소반에 올려둔 명함에는 방송국 이름과 직함이 단정하게 박혀 있었다.

"명함은 도로 가져가시고. 조문 갈 사이도 아닌데 이름 알아둬서 뭐 하나."

모호하면서도 기분 나쁜 말을 던져놓고 슬쩍 눈치를 보니 남자는 얼굴이 붉으락푸르락했다. 여자가 손을 급하게 내저으며 절절 매는 투로 변명을 늘어놓았다.

"선녀님, 저희는 선녀님께 무례를 범하러 온 게 아니고요. 만일 그렇게 느끼셨다면 지금 백배 사죄드릴게요. 선녀님 스토리를 방송에 쓸지 안 쓸지도 아직 미정이고요. 쓰더라도 선녀님 신원에 해되는 일 전혀 없이 재구성해서 내보낼 거예요. 모쪼록 말씀 몇 마디만 여쭙게 해주실 수 없을까요? 복채는 제대로 낼게요."

방지민은 눈을 감았다. 앞니가 떨리도록 오랫동안 으음, 하는 소리를 내며 머릿속으로 계산기를 두드렸다. 여자의 말대로 그들에게 큰 악의가 없다면, 오히려 기회가 왔다고

볼 만도 한 일이었다. 방송을 통해 화제를 끌 수도 있었고, 그러면 짜치고 번거롭게 어린애들 노는 인터넷 사이트를 돌아다니며 주작 홍보글을 올릴 필요도 없어질 거였다. 그렇지만 카메라를 대놓고 들고 온 것도 아니고 숨겨가지고 온 사람들을 믿어도 되는 걸까? 못 미더우면 못 미더운 대로 갖고 놀아도 상관없지 않을까. 방지민은 손님 행세도 제대로 못하는 방송국 놈들보다 자기의 연기가 낫다는 점을 믿기로 마음먹었다. 어디 한번 속고 속여보자고, 누가 더 구라를 잘 까는지 알고 싶다면.

"장군님들이 말은 들어보자고 하시네?"

방지민이 똑바로 돌아앉으며 한 말에 여자의 얼굴에는 화색이 돌았다. 여전히 불만스러워 보이는 남자의 얼굴에도 짧지만 진한 안도가 떠올랐다 사라졌다.

"녹음 정도는 허락하지요. 카메라 안 끌 거면 나가시고. 녹음도 방송에 직접 쓰시려면 음성 변조는 해주셔야 돼요. 아셨지요?"

남자는 메고 온 크로스백 덮개 밑에 렌즈를 슬쩍 걸쳐놓았던 카메라를 꺼내 전원을 끄고 소반 위에 올려두었다. 여자는 그럼요 그럼요 고개를 연신 끄덕이면서 제 가방에서 녹음기와 수첩, A4용지에 인쇄해 반으로 접어두었던 기획서 따위를 주섬주섬 꺼냈다.

“오늘은 촬영 아니고 취재니까 걱정하실 것 요만큼도 없어요.”

“대답하기 싫은 질문은 패스할게요.”

“그럼요, 그렇게 하세요.”

방지민이 걱정한 것은 신상에 관련된, 이를 테면 신내림 받기 전의 삶에 대한 질문이었지만 여자는 그런 것을 묻지 않았다. 개발자 출신 무당이라면 개발과 무속의 차이는 뭐라고 생각하시는지, 고지와 시연이 시작되면서 세상이 크게 달라졌는데 전통적인 방식으로 신을 모시는 분으로서 이런 현상들을 어떻게 생각하시는지 등, 뻔하다면 뻔한 질문뿐이었다. 방지민에게는 그런 질문들이 거의 반갑게까지 느껴졌다. 그동안 열심히 준비해둔 설정을 털어놓을 기회가 별로 없었기 때문이다.

개발과 무속? 알고 보면 같은 거예요. 무속도 알고 보면 코딩이거든요. 예를 들어 며칠간 고기를 먹지 말고 목욕재계하며 몸을 정갈히 한 후에 보름달 뜨는 날에 쌀 씻은 첫물을 텃밭에 뿌리며 기도하라, 그러고서 파종을 하면 텃밭이 예년보다 실해질 거다. 무당이 주는 방도라는 게 대체로 이렇게 엉뚱한 면이 있죠. 그런데 이게 알고 보면 신에게, 그가 만든 세계에다 커맨드를 입력하는 셈이란 말이에요. 우리가 일상적으로 사용하는 자연어 대신 신만이 알아볼 수 있는 언어를 사용해서요. 명령어를 넣고 결괏값을 받는다, 이런 면에서 전 개발과 무속이 차이점보다 공통점이 더 많다고 생각해요. 제가 굿 안 하고 부적만 쓰는 이유도 실은 그래서예요. 부적이 제일 코딩에 가깝거든요.

새진리회, 화살촉, 그들이 말하는 신이란 너무 기독교적 시각에 치우쳐 해석된 면이 있다고 봐요. 새진리회 초대 의장 정진수 씨의 영향이 크겠죠. 하지만 우리가 얘기하는 신이란, 음…… 만물이죠. 지구 인구가 칠십 억이다? 신은 그보다 더 많다고 보셔야 돼요. 지금까지 죽은 사람들 중에 신격을 갖추게 된 이들도 있고 본디 인간이 아니었음에도 자연물, 심지어는 장엄한 랜드마크 등이 신격을 갖는 경우도 있고. 이 신들은 인간들하고는 사고방식이나 가치관이 전혀 달라요. 욕망이 다르니까. 신들이 모두 욕망을 가지고 있는 것도 아니고 그 욕망을 인간이 듣는다고 이해할 수 있지도 않아요. 겉보기에 큰 죄가 없어 보이는 사람들도 고지를 받고 지옥에 떨어지는 건 결국 그래서예요.

방지민은 거의 신바람이 나 있었다. 무슨 말을 하든 여자가 그렇구나, 그렇구나 맞장구를 치며 들어주는 것도 달가우려니와 스스로에게까지 자기 말이 너무도 그럴싸하게만 들려서 소름이 다 돋을 지경이었다. 뭐지? 오늘 사발 좀 풀리네. 나 오늘 좀 되는 날이네.

"선녀님, 감사합니다. 이제 마지막 질문만 여쭙고, 저희가 다음엔 꼭 미리 연락드리고 찾아올게요."

여자는 가방 속에서 태블릿PC를 꺼내며 말했다. 뭐든 물어보라지. 오늘이라면 난 미제사건 범인이 누군지도 맞힐 수 있을 것 같거든. 방지민은 기세가 등등하고 자신이 만만했다. 여자는 태블릿을 들고 꼼지락거리다가 동영상을 하나 틀어 방지민 앞에 내밀었다.

"실은 저희가 이 영상을 제보받고 찾아왔거든요."

방지민이 어디에서도 본 적 없는 시연 영상이었다. 영상은 짧았고 내용도 단순했다. 눈앞의 남자와 비슷한 또래일 법한 중년 남성이 지옥사자들에게 둘러싸여 괴성을 지르다가 불타 죽는 내용. 등장인물은 낯선 남자였지만 내용은 지겹도록 잘 알고 있는 시연 과정일 뿐이었다. 이게 뭐라고 제보까지 받았지? 어차피 시연 영상이라면 새진리회에서 하품이 나올 만큼 찍어내고 있잖아. 방지민은 여자를 빤히 바라보았다. 이걸 왜 나한테? 라고 직접 묻는 건 아무래도 무당답지 못하니까.

"이 남자분 지갑에서 이게 나왔어요."

여자가 태블릿을 터치해 영상을 넘기자 부적 사진이 나왔다.

"잘 아시죠? 아무래도 직접 쓴 부적이니까."

한참 말없던 남자가 깐족거리며 끼어들었다. 여자가 차분하게 말을 이었다.

"아내분이 경찰에 자진신고를 하고 그걸 자기가 넣었다고 말씀하셨어요. 지갑에 넣으면 금전운이 붙는다고 거짓말하고 줬다고요. 고지나 시연은 경찰이 어떻게 할 수 있는 영역이 아니라서 결국 해프닝으로 끝나긴 했는데, 자기가 이 부적으로 남편을 죽이려 한 의도는 분명하고 남편이 정말 죽지 않았냐고 하시면서 시연 영상을 저희한테 제보하신 거예요."

뭐라고 해야 하지?

방지민은 순식간에 얼어붙어 제대로 돌아갈 기미가 영

보이지 않는 머리를 기울여 여자가 들고 있는 태블릿만 쳐다보고 있었다. 그럴 리가 있나? 내 부적은 가짜인데. 나는 사기꾼인데. 고지 부적을 파는 무당은 그저 내가 만들어낸 배역일 뿐인데.

"이 부적을 사 간 분 혹시 기억나시나요?"

그걸 어떻게 기억하지? 남편을 죽이고 싶어 하는 여자는 너무 많다. 방지민의 신당을 다녀간 손님 중에 그런 사람을 추려내자면 전체의 삼분의 일. 넉넉잡아 절반까지도 헤아릴 수 있을 터. 여자가 뭐라 말을 더 잇고 있었으나 방지민의 귀에는 조금도 들리지 않았다. 혹시 이 사람들이 나를 속이고 있는 건 아닐까? 그 부적이 영상 속 남자의 지갑에서 나왔다는 증거도 없는데. 영상 자체가 조작된 것일 가능성은? 혹시 이 두 사람의 방문 자체가 방송용 포맷일 가능성은? 그런데 이 사람들이 나를 속이는 데 무슨 이득이 있지?

방지민은 자기가 쓴 부적에 아무런 효험이 없고 따라서 아무런 문제도 없다는 것을 잘 알고 있었다. 그렇기에 겁먹을 이유는 조금도 없었다. 방지민은 자기가 만든 시나리오에서 처음으로 발견한 구멍에 당황한 것이었다.

부적을 너무 많이 팔았구나.

시연을 받는 인간도 너무 많고.

꾸준히 팔다 보면 언젠가, 누군가는 순전한 우연의 일치로 내 부적을 지닌 채 시연을 받을 수도 있다는 걸 염두에 둬야 했는데. 아무 효과 없는, 책갈피만도 못한 종잇장인 걸 스스로가 너무 잘 알아서 이런 상황까지는 미처 생각지 못했다. 방지민은 뼈아프게 뉘우쳤으나 이미 엎질러진 물이었다. 영상을 보여주고 딱 한 가지만 더 묻겠다던 두 방문자는 그 뒤로도 질리도록 많은 질문을 퍼부었고 방지민의 입에서는 제대로 된 대답이 단 한마디도 나오지 않았다.

어렵사리 두 사람을 돌려보낸 방지민은 소반에 팔꿈치를 괴고 머리를 쥐어뜯었다. 씨발 좆됐다. 혼자가 되어서야 비로소 돌아가기 시작한 머리는 온통 안 좋은 미래만을 그리고 있었다.

방지민은 그 두 사람을 다시 만날 생각이 없었지만, 방지민이 어떤 식으로 나오든 그들은 방지민의 부적에 대한 방송을 만들어 방영할 것이다. 그 정도는 아무리 가짜 무당이라도 알 수 있는 노릇이었다. 어쩌면 방지민은 유명해질 수도 있다. 유명해져서 지금보다 더 큰돈을 만지게 될 수도 있다. 부적으로 고지를 앞당기는 무당이라면 아무나 함부로 대하지 못하는 몸이 되겠지.

그러면? 그 뒤에는?

지금까지 고지와 시연이 살인, 즉 범죄로 분류되지 않은 것은 거기에 인간의 의도가 개입되지 않기 때문이었다. 인간의 의도가 개입되는 즉시 그것은 살인, 즉 범죄가 된다. 일개 인간이 지옥사자를 부려 누군가를 죽음에 이르게 할 수 있음이 입증된다면? 혹은, 입증된 것처럼 보이게 된다면?

그러니까 방지민이라는 무당이 쓴 부적을 지닌 채 시연을 당하는 인간이 한 명이라도 더 발견된다면? 방지민은 금전을 대가로 지옥사자라는 흉기를 사용해 살인을 대행하는 범죄자가 될 수 있었다. 이건 그 일이 언제 일어날 것인가 하는 시간의 문제일 뿐, 언젠가는 필연적으로 일어날 일.

결국 긴 고심에도 불구하고 답은 초라할 만큼이나 단순했다. 사기꾼으로서 죗값을 치를 것인가, 살인자로서 죗값을 치를 것인가. 사람을 죽이는 부적을 쓸 능력이 있다고 인정할 것인가, 없다고 부인할 것인가. 지금껏 벌여온 사기 행각을 밝히면 살인 누명은 쓰지 않게 되겠지만, 그러면…….

방지민은 자리를 박차고 일어났다. 신당 안을 서성이며

탱화풍으로 그려진 알 카라지, 앨런 튜링, 스티브 잡스와 차례대로 눈을 맞췄다. 씨발 어떡하지. 지금이라도 다 정리하고 해외로 뜰까. 인터폴이 쫓아오는 건 아니겠지? 고지와 시연은 부르는 명칭이 다를 뿐 세계 어디에서나 공통적으로 일어나는 사건이어서 국제 범죄로 분류될 가능성이 없지 않았다. 뭔가 뾰족한 수가 없을까. 박정자의 시연을 처음 봤을 때처럼, 그럴싸한 시나리오를 고민하던 그때처럼.

방지민이 천사를 목격한 것은 바로 그다음 순간이었다. 일단은 전자담배라도 한 대 피워야겠어서 병풍 뒤에 놓인 손가방을 집으려던 순간.

방…… 지…… 민……

너…… 는……

병풍을 뚫고 나타난 거대한 심령체가 긴 머리를 풀어헤친 채 조금의 인간성도 없는 목소리로 방지민의 이름을 부르고 있었다. 이상하게도 그것이 자신의 이름을 부르는 순간 방지민은 그때껏 상상해본 적 없는, 그 자신만의 능력으로는 도저히 상상할 수 없었던 압도적인 평화에 이르렀다.

그래, 이런 수가 있었구나.

일개 인간의 마음에는 오래 붙잡아둘 수 없는 순백의 평화를 조금이라도 더 맛보고 싶어 방지민은 눈을 감았다. 그것 말고는 할 수 있는 일이 하나도 떠오르지 않았다. ■

불경한 자들의 빵

조예은

조예은

제2회 황금가지 타임리프 공모전에서 단편소설 〈오버랩 나이프, 나이프〉로 우수상을, 제4회 교보문고 스토리 공모전에서 장편소설 《시프트》로 대상을 수상하며 작품 활동을 시작했다. 소설집 《칵테일, 러브, 좀비》《트로피컬 나이트》, 장편소설 《뉴서울파크 젤리장수 대학살》《스노볼 드라이브》《테디베어는 죽지 않아》《입속 지느러미》, 연작소설 《꿰맨 눈의 마을》 등을 썼다.

1

빵집 셔터를 내리기 위해 밖으로 나오자, 눈이 내리고 있었다. 눈송이가 목화솜처럼 풍성한 것이 금방 쌓일 것 같았다. 칙칙하고 더러운 세상은 곧 희게 뒤덮일 것이다. 피를 흘린다면 이왕 소복한 눈밭 위에 흘리고 싶다고, 구경하는 이들의 각막에 죽을 때까지 잊지 못할 붉은 빗금을 새기고 싶다고, 수임은 생각했다.

고지자가 나타난 건 지난 11월 초순, 한 달 하고도 열흘쯤 전이었다. 평소와 같이 오픈 준비를 마치고서 한숨 돌리는데 빵 진열대 창밖에 검은 연기 같은 것이 모여들었다.

어떤 감정도 담겨 있지 않은 거대한 얼굴은 수임이 크리스마스이브 새벽 여섯 시경에 죽게 될 것이며, 지옥에 가게 된다 말하고서 사라졌다. 일 분도 채 되지 않는 짧은 시간이었다. 고지자가 흩어지자 그 너머에 서 있던 사람과 눈이 마주쳤다. 매일 같은 시간에 빵을 사러 오는 단골손님이 수임을 바라보며 망연히 중얼거렸더랬다.

"이제 저 모카빵 어디서 사 먹죠……."

분명 인적이 드문 동네였는데 소문은 빠르게도 퍼졌다. 늘 그랬듯이 자신에게 벌어지는 일 외의 모든 비극을 장난거리로 여기는 누군가가 수임의 고지 장면을 녹화해 온라인 커뮤니티에 올렸고, 칠십팔 세의 수임은 익명의 다수에게 완벽하게 만만한 타깃으로 낙인찍혔다. 삼십 년 넘게 운영한 작은 가게를 포함해 수임의 모든 궤적이 공공재가 되었다. 사람들은 그것을 마음대로 주무르고, 말을 얹고, 퍼뜨리는 것도 모자라 훼손했다. 맹신도들은 이기적이고 비합리적인 신념을 지속하고자 조작을 서슴지 않았으며 그것이 바로 대의를 위한 도덕적인 행위라고 믿었다. 믿기 위해 거짓을 만드는 사람들을 이길 수 있는 방법이 있을까?

수임은 보험금을 타기 위해 남편에게 독극물을 먹인 살

인자가, 비정상적인 부동산 투자로 거액의 돈을 불린 투기꾼이, 쌍둥이를 낙태한 끔찍한 여자가 되었다. 수임은 아이를 가진 적이, 다량의 부동산을 사고판 적이, 남편에게 독극물을 먹인 적이 없었으나 진실은 중요하지 않았다. 진실보다 납득이 중요한 세상이 되었기 때문에. 사람들은 고지와 시연을 두려워했고, 다만 그 모든 비상식적이고 폭력적인 현상을 납득하고 싶어 했다. 납득이 주는 안전한 기분에 취하기 위해서라면 진실을 뜯어 악의와 거짓을 꿰매넣은 흔적 같은 건 모른 척했다. 그들이 간과한 건 고지자와 지옥사자들이 나타나기 이전에도 모든 일이 납득 가능한 세상이란 존재하지 않았다는 점이다.

하지만 한 달간 나타난 이 모든 현상 중 수임이 가장 납득하기 어려운 일은 따로 있었다. 바로 삼십 년 만에 찾아온 빵집의 성황이었다.

고지가 있고 사흘쯤 후부터 빵집에 사람들이 몰려들었다. 정확히 어디서부터 시작되었는지는 특정할 수 없었으나 고지 영상의 댓글로 이 늙은 죄인의 모카빵이 맛있다는 내용이 여럿 달렸고, 그에 현세의 공포와 무기력을 맛있는 빵으로 극복하고자 하는 빵 마니아들이 반응했다. 알게 모르게 다녀간 그들이 수임의 빵을 호평하는 콘텐츠를 두어 개 올리자 반응은 폭발적으로 늘어났다. 거기에 한 달 후면 다시는 먹을 수 없게 된다는 시한부적 특수성이 더해져 수임의 빵집은 새벽 여섯 시부터 줄을 서는 기간제 '맛집'으로 거듭난 것이다. 덕분에 수임의 고지 영상은 있지도 않은 죄를 고발하는 댓글과 수임의 빵이 얼마나 소박하면서도 향수를 자극하는 진솔한 맛을 내는지 찬양하는 내용이 팽팽히 맞섰다.

그러니까, 그것은 고지와 시연이라는 현상이 나타난 이래로 꽤나 이례적인 반응이었다. 보통의 사람들이 분노와 합리화를 조장하던 확성기에 의심을 가졌다는 것. 그 거대한 흐름에 생뚱맞은 소리를 덧붙임으로써 마냥 올라타기를 거부했다는 것. 일관적이게 참담한 방향으로 흐르던 물길 옆에 작은 시냇물 길이 생긴 셈이었다. 새벽의 찬공기를 맞으며 모락모락 연기가 나는 수임의 빵을 맛본 사람들은 타인의 목소리가 아닌 자신의 혀끝 감각을 믿었다. 그것은 미약했지만 온전했다. 세상이 급변한 이후로 잃어버린 실재감, 담백한 믿음, 달콤함과 따뜻함…… 그것이 바로 한 덩이의 모카빵에 들어 있었다.

—빵은 죄가 없습니다.

익명의 누군가가 맨 처음 한 문장을 썼다. 그러자 다른 누군가가 또 적었다.

—빵은 사람이 아니니 죄가 있을 수 없죠. 그런데 정말일까요? 빵집 사장님이 저질렀다는 그 모든 짓이……

의견은 더해졌다. 배합에 실패한 반죽, 응고되기 전의 젤라틴과 같이 유동적으로 흔들렸다.

—제가 알기로, 그분 평생을 그 동네에 사셨대요. 남편은 교통사고로 돌아가셨다는데요. 거액의 보험금을 받았다면 그 낡은 동네에 계속 살지는 않았을 것 같네요.

—또 모르죠. 다 연막이고 현금 부자일수도. 수전노 같은 노인들 있잖아요.

—하지만 그런 빵을 만드는 사람이 정말……

새진리회 자유게시판에 올라온 그 대화는 곧바로 삭제

되었으나 화면 캡처본으로 은밀히 온라인을 떠돌았다. 불경한 대화와 복사된 캡처본은 점점 늘어났다. 새진리회는 언짢아했고, 수임의 죄를 공고히 할 방법을 궁리했다. 사소한 믿음은 불씨와 같아서 연료를 만나는 순간 크게 타오르게 마련이었다. 새진리회가 몸집을 키운 과정이 그랬듯이.

겨울이었다. 곳곳에 화재예방 플래카드가 붙었다. 작은 불도 조심하자. 철저히 꺼트리자. 그리고 흐름에 반하는 목소리는 묵살하라. 믿음을 공고히. 윗선에서 지령이 내려졌다. 크리스마스이브가 다가오고 있었다.

⋆

그러든가 말든가 수임은 빵집 문을 열었다. 평소와 다름없이 오전 여섯 시에 일어나 출근하고, 반죽을 만들고, 빵을 구워 진열했다. 따뜻한 유자차 한 잔을 마신 후 정확히 여덟 시에 영업을 시작했다. 빵이 다 팔리면 문을 닫았다. 사람들은 오픈 전부터 길게 줄을 서 곧 지옥에 갈 수임의 빵을 샀다. 수임은 하여간 한정판에 사족을 못 쓰는 요즘 사람들이 신기하기만 했다.

대기업 식품개발팀에서 연락이 오기도 했다. 모카빵 레시피를 사겠다며 거액을 제시해왔지만 어차피 홀로 죽을 마당에 큰돈을 버는 것이 무슨 소용인가 싶었다. 손님이 늘었음에도 만드는 빵의 양을 늘리지 않는 것 역시 같은 맥락이었다. 지금 수임에게 중요한 것은 목숨이 다하는 날까지 보통의 평화를 지키는 일이었다. 그리고 소복한 눈 위에 피를 흘리는 것뿐이었다. 수임은 매일 자기 전 사람들이 추앙하는 신이 아닌, 생김새도 모르고 이름도 없는 신에게 이브날 폭설이 내리게 해달라고 빌었다. 늙은이 죽는 마당에 그 정도는 들어줘야지. 아니면 신이란 없는 거고. 있어도 무능한 것이고. 종교인들이 들으면 기함할 비아냥도 빠뜨리지 않았다.

수임의 시연일이 가까워질수록 줄을 서는 손님은 더욱 늘어났다. 통행이 불편하다며 근방 주택가에서 민원이 들어올 정도였다. 오랜 기다림에도 빵을 사지 못한 이들은 돌변하여 침을 뱉고 욕설을 뇌까렸다. 어떤 이는 수임의 손을 덥석 잡으며 응원과 위로의 말을 건넸고, 어떤 이는 수임의 손이 닿을까 두려워 잽싸게 봉투만 가로채 도망쳤다. 거리는 더러워졌고, 단골들은 아쉬워했다. 한낮의 가게를 빵 부스러기와 웅성임, 미지근한 햇살과 반죽 냄새가 메웠다면 밤에는 광신도들의 욕설과 비난, 오물과 전단지들이 그 자리를 대신했다. 매일같이 만감이 교차했다. 힘이 부쳤다.

셔터를 올리고 닫을 때마다 수임은 빵집 진열장 유리에 붉은색 스프레이로 갈겨진 낙서를 읊조려보곤 했다. '지옥에 떨어질 년. 악마 같은 여자. 신이 너를 징벌할지니.' 그리고 그런 말을 내뱉는 이들의 마음을 상상했다. 낡은 빵집 간판에 썩은 계란을 던지는 사람의 맥락과 동력은 무엇일까? 샅샅이 알고 싶기도, 영영 모르고 싶기도 했다. 그들에게 정말 맥락 따위가 있을까 싶기도 했으나, 타인의 맥락을 무시하는 이런 태도가 바로 모든 비극의 원인일지 모른다는 생각이 들어 애써 치웠다.

셔터를 내리기에 앞서 가게 앞마당을 청소했다. 유성매직으로 쓴 낙서까지는 어찌할 수 없었지만 손님들이 발 딛는 곳이라도 깨끗이 유지하는 게 빵집 사장으로서 예의라고 여겼기 때문이다. 무엇보다 수임은 자신이 죽게 될 바닥이 깨끗하길 바랐다.

정리를 끝낸 건 자정이 가까운 시간이었다. 기분이 싱숭

생숭해 늦장을 부리다 보니 잘 시간이 한참 지나 있었다. 가게 문 앞에서 뻐근한 허리를 콩콩 두드린 그 순간이었다. 갑작스레 난폭한 헤드라이트 불빛이 덮쳐왔다.

수상하기 짝이 없는 검은 봉고차 한 대가 경쾌하지 않은 배기음과 함께 다가왔다. 곳곳이 찌그러진 낡은 차의 정면 창 한편에는 조그마하게 새진리회 로고가 붙어 있었다. 수임이 몸을 피할 새도 없이, 가게 앞에 급정거한 차에서 대여섯 명의 복면 쓴 사람들이 쏟아져나왔다. 그들은 수임을 밀치고서 일사불란하게 빵집 안으로 침입했다. 공업용 니퍼를 가져온 걸 보면 애초에 자물쇠를 부수고 들어갈 심산이었던 것이다.

가장 마지막으로 맨얼굴의 중년 남자가 내렸다. 그는 신사적인 캐릭터를 연기하듯 작위적인 표정으로 다가와 바닥에 넘어진 수임에게 손을 내밀었다. 외적으로도, 상황적으로도 당최 어울리지 않는 스리피스 차림이었다. 수임이 반응하지 않자 그는 손수 한쪽 무릎을 꿇어 눈을 맞추고는, 수임을 강제로 붙잡아 일으켰다. 그런 다음 태연히 수임의 겉옷을 뒤져 2층 생활공간의 열쇠를 찾아냈다. 그는 신도에게 열쇠를 넘기고서 수임을 향해 장난스레 웃었다. 그가 보란 듯이 손뼉을 치며 외쳤다.

“다들 빨리빨리 움직이십시오! 죄인의 죄를 증명할 거리를 찾아야 합니다. 뭐, 일기장, 앨범, 메모나 쪽지, 그런 거, 좀 오래되고 모호한데 아무튼 진짜 같은 거, 무슨 느낌인지 아시죠? 레시피도 좋고. 아니, 레시피가 중요하네. 레시피는 꼭 찾읍시다!”

눈앞에 벌어지는 풍경과 상반되는, 한없이 낭랑하기만 한 목소리였다. 수임이 일군 빵집은 순식간에 쑥대밭이 되었다. 모든 게 너무 빠른 시간 안에 부서지고 으깨졌다.

“허수임 씨께서는 온 세상의 평화를 위해 목소리를 좀 빌려주시죠.”

남자가 손짓하자 무리에서 신도 한 명이 빠져나왔다. 다른 이들보다 체구가 작은 그는 수임을 들쳐업고서 남자의 지시대로 빵집 카운터 안쪽으로 향했다. 수임은 나름대로 몸부림을 쳐보았지만 턱도 없었다. 남자는 양손에 입김을 불며 광나는 발끝으로 어딘가를 가리켰고, 신도는 눈치껏 그 의도를 알아듣고는 넘어진 플라스틱 의자를 끌고 와 수임을 앉혔다. 언제 발주했는지 기억도 나지 않는 포장 리본이 수임의 손목과 발목을 결박했다.

카운터 안쪽에서 바라본 빵집은 쓰레기장과 다를 바 없는 모습이었다. 그때 수임을 사로잡은 건 생명의 위협으로 인한 두려움이 아니었다. 어차피 죽을 날은 다가온다. 대신 수임은 불만과 욕망에, 의구심과 분노에 사로잡혔다. 어질러진 내부를 눈에 담으며 그 혼란과 무질서에 몸서리치며 저들이 원하는 대로는 해줄 수 없다고, 그래선 안 된다고 다짐했다. 정장 차림의 남자는 애꿎은 오븐을 열었다 닫았다 하며 시큰둥한 말투로 중얼거렸다.

"참, 이놈의 빵이 뭐라고 사람들이…… 이해가 가지 않아요. 고작 빵이잖습니까? 단세포 동물도 아니고, 먹을 거에 사족을 못 쓰는 어리석은 자들이 그리 많을 줄이야."

한바탕 뜸을 들이던 그가 훌쩍 뛰어올라 카운터에 걸터앉았다. 높이차로 인해 남자가 수임을 내려다보는 모양새가 되었다. 수임은 고개를 치켜들고서 그를 향해 있는 힘껏 침을 뱉었다.

"죄인들 대부분 비슷한 반응이에요. 이 정도야 뭐."

남자가 손수건을 꺼내 얼굴을 문질러 닦으며 말했다. 수임은 욕설을 뇌까렸다.

"사기꾼. 애먼 사람에게 오명을 덧씌워서 믿음을 착취하는 놈들."

"착취라뇨, 당하는 사람들이 착취라고 느껴야 착취죠. 여기 이분들 전부 자원봉사자예요. 봉사자 모집글 올리자마자 일 분도 안 돼서 마감되었다구요. 제발 따라가게 해달라고 애원하는 사람도 있었는데요. 아휴, 됐고. 저도 피곤하니 빨리 끝냅시다. 우리가 수임 씨에게 요구하는 건 간단해요. 그냥 여기 대본대로 몇 문장 읽어주시기만 하면 됩니다. 저랑 연극놀이 한다고 생각하세요."

남자가 정장 왼쪽 가슴 주머니에서 꺼낸 종이에는 시나리오 형식의 짧은 대화가 적혀 있었다. 남자와 친밀하게 술을 한잔하는 분위기에서 수임이 술김에 지난 죄들을 고백하는 내용이었다. 온라인에 떠도는 거짓을 수임이 직접 진실로 만들라는 말이었다. 오래 쌓아온 죄책감에서 후련해질 수 있어 시연이 오히려 감사하다는 마무리까지. 대사는 너무 직관적이라 우스꽝스럽기까지 했다. 남자는 이번엔 반대쪽 가슴 주머니에서 소형 녹음기를 꺼내 들며 설명했다.

"이 대사만 대충 읊어주시면 우리도 수임 씨 더는 귀찮게 하지 않겠습니다. 빵집? 시연 날까지 성실히 운영하세요.

레시피를 공유해주시면 시연 후에도 이름을 남겨드리죠. 오늘 어지른 건 다 치워드릴게요. 우리가 원하는 건 그냥 수임 씨 입으로 내뱉는 진실입니다."

"진실? 참 웃기기도 하다. 구라를 읽느니 혀를 자르지."

"진짜요? 수임 씨가 제안하신 겁니다. 진짜 자릅니다?"

남자가 벌떡 일어나 주방에서 뭔가를 들고 돌아왔다. 밀가루가 덕지덕지 묻은 주방가위였다. 그는 수임을 업고 옮긴 신도에게 가위를 건네고 턱짓했다. 신도가 쭈뼛거리며 수임 옆에 무릎을 꿇고 앉았다. 곁눈질로 보자니 신도의 체구는 생각보다 더 작았다. 남자가 제 혀를 길게 빼고서 손가락으로 가위질하는 시늉을 했다. 신도는 제 손에 들린 가위와 수임을 번갈아 보고는 조심스레 수임의 입을 벌리고 혀를 잡았다. 닿은 손이 진동하듯 떨리고 있어서 수임은 피식 웃었다. 수임만큼이나 깡마른 손가락의 맥아리 없는 접촉은 딱히 위협적이지 않았다. 신도가 턱을 쥐었던 손으로 가위를 들어 수임의 혀 옆에 가져다 댔다. 달라붙은 밀가루 반죽 때문에 차갑기보다는 텁텁했다. 남자는 지루한 얼굴로 하품을 하고서 되물었다.

"우리도 징그러운 짓 하기 싫어요. 피는 냄새나고, 치우기도 번잡하고. 게다가 손에 묻은 채로 굳으면 얼마나 기분이 더러운데요? 그리고 뭣보다 새진리회는 화살촉 놈들 같은 깡패집단이 아니라 종교단체거든요. 너무 편견 가지고 우리를 대하시는 같아서. 그나저나 정말 안 하실 거예요? 그냥 몇 문장 읽으면 되는데? 허 참, 늙은이들은 왜 이렇게 고집이 세지."

수임은 있는 힘껏 남자를 노려보기만 할 뿐이었다. 남자가 짜증을 담아 다시 턱짓을 했다. 신도는 수임의 혀를 쥔 손에 힘을 주었지만 가위질을 해내지는 못했다. 과하게 긴장한 탓인지 묵직한 주방가위가 그의 손을 이탈해 바닥으로 미끄러졌다. 남자가 "야!" 하고 소리를 지르는 동시에 위층의 누군가가 일기장을 찾았다고 외쳤다.

"오, 좋은 소식."

남자의 얼굴에 분칠이라도 한 듯 화색이 돌았다. 그가 상기된 표정으로 다가와 바닥에 떨어진 가위를 주워 들었다. 그러고는 신도가 했던 대로 수임의 혀를 다시 붙잡았다. 정면에서 마주 본 동공에서 수임은 세 명의 지옥사자를 발견했다. 그것들은 그 안에, 사로잡힌 사람들의 눈 안에 살고 있었던 것이다. 남자가 가위를 고쳐 쥐었고, 수임은 질끈 눈을 감았다. 그 순간, 가게 밖에서 비명이 울려퍼졌다.

"가, 강도야! 여기 가게에 강도가 들었어요! 이걸 어떡해, 경찰, 경찰차 좀, 여기 빨리 와주세요!"

동네 사람일까? 어디선가 들어본 목소리였다. 신고자는 온 동네 사람들 잠을 다 깨울 기세로 소리를 질러댔다. 너무 요란스러워 애초의 목적이 신고가 아닌 소란인 것만 같았다. 남자는 잠시 고민하더니 짧게 욕설을 내뱉으며 가위를 내려놓았다. 그는 수임과 진열대 밖, 그리고 무릎 꿇은 채 떨고 있는 작은 신도와 명령을 기다리는 충실한 부하들을 순서대로 눈에 담은 뒤 끝내 철수를 명했다.

"갑시다."

어쨌든 두 가지 목적 중 하나는 달성했기 때문에 내린 판단이었다. 자원봉사자라는 신도들은 훈련이라도 받은 것처럼 재빠르게 발을 맞춰 봉고차에 올랐다. 수임의 혀를 붙잡았던 신도 역시 망설이다 가게를 뛰쳐나갔다. 찰나, 복면 위로 빼꼼히 드러난 눈과 수임의 눈이 허공에서 맞부딪혔다. 불안에 잡아먹힌 앳된 눈. 어린아이임이 분명했다.

"허수임 씨, 혀는 보존해서 다행입니다만 한 말씀 드리자면, 이 가게는 어차피 불탈 겁니다. 수임 씨가 시연당할 그날에요. 허수임 씨도, 이 빵집도 전부 재가 되어 사라질 거란 말입니다. 눈앞에서 사라지면 사람들이 신경을 쓸까요? 사람들 남에게 관심 없잖아요. 시간이 흐르면 어차피 수임 씨는 사라지고 죄만 남습니다. 살아 있는 이들은 치매 환자라도 된 것처럼 분명 뭔가 잘못을 한 사람이 있었는데, 나쁜 놈이 있었는데, 중얼거리겠지만 그뿐입니다. 망각의 힘은 모두에게 공평해요. 그러니 괜한 데 힘 빼지 마시고 걱정도 마시고 협조 좀 해주세요. 그래야 저희도 수임 씨에게 협조를 하죠."

남자는 꾸역꾸역 할 말을 다 하고는 느긋이 봉고차에 올랐다. 그사이 멀리서 사이렌 소리가 들려왔지만 조급해하는 기색은 없었다. 어차피 경찰서 곳곳에도 새진리회가 깊숙이 뿌리 뻗어 있을 테니 신고 자체는 그들에게 큰 위협이 아닐 터였다. 남자는 예의 낭랑한 목소리로 "퇴근, 퇴근, 퇴근!" 하고 흥얼거리며 사라졌다.

침입자들이 떠나가자 섬뜩한 적막이 내려앉았다. 수임은 손목의 리본 줄을 풀기 위해 어깨를 이리저리 비틀어보았으나 어찌나 꽉 묶었는지 빠근하기만 할 뿐 소용없었다. '개새끼들, 갈 거면 좀 풀어주고 가야지.' 헛된 몸부림을 계속하느니 가만히 경찰들이 오기를 기다리는 게 나을 듯했다. 동상처럼 앉아 자신을 묶은 신도의 눈빛을 곱씹는 와중, 누군가 조심스레 가게 안으로 들어섰다.

"사, 사장님? 계세요?"

눈이 마주쳤다. 요란한 신고자의 정체는 다름 아닌 주말마다 모카빵을 사가는 단골손님이었다. 단골이긴 해도 오십대 중후반의 중년 여성이며 이 동네에 산다는 것 말고는 아는 게 없었다. 단골은 동창 모임이라도 다녀오는 길인지 단정한 붉은색 코트에 부츠, 검은색 머플러 차림이었다.

"이, 이게 무슨 일이에요, 도대체. 괜찮으세요? 다친 곳은 없으셔요?"

그제야 긴장이 풀린 건지 몸이 떨려왔다. 목소리조차 제대로 나오지 않았다. 수임은 단골의 조치가 고마움을 넘어서 감격스러웠다. 시연을 앞둔 죄인에게 가해지는 테러는 일반적인데다 어느 순간부터 무관심과 무대응이 사회 풍조가 되어버려 누군가 신고를 해줄 거라고는 기대조차 하지 않았던 것이다. 만약 정말 혀를 잘렸다면 노쇠한 자신은 시연도 전에 과다출혈로 죽었을지 모른다. 그러곤 영혼만 남은 상태로 우스꽝스럽게 시연을 당했겠지.

단골은 침착했다. 수임의 처참한 몰골을 확인한 후 곧장 바닥에 떨어진 가위를 주워 리본 끈부터 잘랐다. 움직임이 자유로워지고서야 자신이 얼마나 불편한 자세로 묶여 있었는지 실감이 났다. 피가 통하지 않아 희뜩해진 손목과 발목에 붉은 끈 자국이 선명했다.

"사람 묶으면서 이 리본 매듭은 뭐래요? 신발 끈도 아니고. 그 종교 놈들이죠? 아니면 화살촉들이에요? 제정신이 아니야, 다들 미쳤어. 전부 미쳤어……."

"괜찮아요. 덕분에 내 혀가 아직 붙어 있어요."

단골은 수임의 말을 잠시 곱씹더니, 짧은 비명을 지르며 손에 들린 가위를 내던졌다. 그러는 사이 뒤늦게 경찰차가 도착했다.

이후의 과정은 특별할 것 없었다. 경찰들은 지루하고도 난감한 얼굴로 한숨을 푹푹 쉬며 가게를 돌아보았고, 단골은 그들의 귀찮아 죽겠다는 태도에도 차분히 목격 장면을 진술했다. 그 말투와 얼굴이 묘하게 수임의 시선을 붙잡았다. 주기적으로 빵을 사러 오는 손님이니 낯이 익는 게 당연하건만, 이상하게도 비슷한 다른 얼굴을 본 것만 같았다. 뭔가 잊어버린 기분. 그리고 잊어버렸다는 사실을 막 깨달았을 때의 초조함이 밀려들었다.

목격자 진술이 끝나고, 수임이 자신이 당한 일을 젊은 경찰에게 덤덤히 서술하는 와중에도 단골은 자리를 뜨지 않았다. 가게 한편에 손을 모으고서 가만히 서 있을 뿐이었다. 수임으로서는 이 손님의 친절과 관심이 도통 이해가 되지 않았다. 모두가 죽어 마땅하다고 낙인찍은 죄인을 왜 이렇게까지 도와주는 걸까? 단골의 얼굴을 집요하게 살피며 곰곰이 생각했다. 떠오를 듯 말듯 아리송했다.

'분명 어디선가 보았는데……'

저 얼굴이 아니라, 저 얼굴이 담긴 다른 얼굴을.

구급차에 오르는 수임을 향해 경찰들은 주변 CCTV를 조사한 후 단서가 생기면 연락을 주겠다고 말했다. 아마 더 이상 연락은 오지 않을 테고 이들은 번잡한 조사를 이어가지 않을 것이다. 수임이 죽고 가게가 불탄다 해도 그 화재 역시 아무도 책임지지 않는다. 다만 새진리회의 남자가 말했듯이, 수임이 사라진 자리에는 거짓 죄만이 남을 것이다. 진탕으로 변한 눈송이처럼.

수임은 궁금했다. 세상은 거짓과 광기로 뒤덮여 비유로서가 아닌 실제의 지옥이 되어가고 있었다. 도대체 어떤 신이 세상을 손수 지옥으로 만든단 말이지? 그것을 과연 숭배할 만한 신이라고 할 수 있나? 수임에게 신이란, 인간이 오래도록 믿고 의지한 신이란 그런 존재가 아니었다.

눈은 계속해서 내렸다. 중간에 한 번 녹아 진탕으로 바뀐 도로 위에 새 눈이 쌓이고 있었다. 단골은 끝까지 남아 수임의 보호자를 자처했다. 몇 번을 거절했는데도 기어코 구급차에 함께 올랐다. 구급대원을 도와 수임의 굽은 등과 허리를 조심스레 받치는 손길이 생각보다 단단했다.

긴장이 풀린 탓인지 다리에 뜻대로 힘이 들어가질 않았다. 수임은 구급차 간이침대에 쓰러지듯이 누워 보조석에 앉은 단골의 얼굴을 마주 보았다. 색이 사라진 입술 사이로 희미한 연기가 새어나왔다. 수임의 숨과 단골의 숨, 그리고 구급대원과 경찰의 숨이 서로 엉켜 뭉치다 고지자의 얼굴처럼 허망하게 흩어졌다. 단골은 급습당한 노인이 가련해 보였는지, 아니면 단지 경로 우대의 차원이었는지 자신의 목도리를 풀어 수임의 목에 둘러주었다. 목도리에는 아직 단골의 체취와 온기가 남아 있어 본래의 감촉보다 훨씬 포근하게 느껴졌다. 수임은 목도리에 얼굴을 묻은 채 크게 숨을 들이마시고 다시 내쉬었다. 창백한 불빛 아래 드러난 단골의 맨 목이 한없이 허전해 보여 정말 죄를 진 것 같은 기분이 되었다.

"이름이 뭐예요?"

갑작스러운 질문에 단골이 느리게 눈을 깜빡였다. 늘 그저 스쳐지나갔던 눈이었다. 아직까지 이름을 모른다는 사실에 멋쩍은 기분이 들어 수임은 목도리만 만지작거렸다. 단골은 잠시 뜸을 들이다 답했다.

"유, 필 자, 숙 자. 오십팔 세예요."

"유, 필, 숙 씨. 고마워요."

수임은 최대한 또박또박 손님의 이름을 발음했다. 어차피 곧 사라질 자신의 이름은 말하지 않으려 했건만, 단골은 조심스레 "허, 수 자, 임 자죠?" 하고 물었다. 수임은 고개를 끄덕인 뒤 "칠십팔 세" 하고 답했다.

이름을 주고받은 후 구급차에는 적막만이 맴돌았다. 필숙은 하고 싶은 말이 있는 듯 손을 꼭 모으고서 몇 번이나 입술을 달싹였으나 쉬이 소리를 뱉지 못했다. 수임의 머릿속에는 여전히 단골의 오지랖에 가까운 친절과 익숙한 얼굴을 향한 의문이 자리했다. 그러는 새 구급차는 한밤의 응급실 앞에 멈춰 섰다. 문이 열리자 머리카락까지 꽁꽁

얼어붙게 만드는 찬 공기와 거세진 눈발이 그들을 반겼다. 뉴스에서는 올해 정말 많은 눈이 내릴 거라고 했다. 유례없는 폭설이 이어질 테니, 동파 관리에 신경 써야 한다고 말이다.

그때 불현듯, 어떤 목소리가 떠올랐다.

'세상이 끔찍하게 변한다고, 그 안의 모두가 끔찍해질 필요는 없잖아요.'

맹렬히 쏟아지는 눈송이들, 삼십 년간 크게 다를 것 없던 빵집에서의 하루. 그리고…… 목소리. 오늘의 수임처럼 세상을 급습한 광기의 신에게 질문을 던지던. 수임은 기억의 파쇄지들 사이에서 끝내 희미한 얼굴 하나를 기억해냈다.

"수임 씨."

그와 동시에, 필숙도 입을 열었다.

"실은, 제 아이도 고지를 받았어요."

★

새진리회에서 첫 시연 중계가 있던 날, 수임은 텔레비전을 켜지 않았다. 그나마 챙겨 보던 삼십 분짜리 일일드라

마는 결방이었고, 뉴스에서는 이해할 수 없는 사건들만 연이어 흘러나와 속이 답답했다. 빵집 앞 골목은 여느 때보다 고요했다. 평소에도 그리 많은 손님이 오는 건 아니었지만, 그날은 정말이지 묘지마냥 인적이 드물었다. 아무래도 사방에서 사람의 처형 장면을 내보내는데 빵 같은 걸 먹고 싶어 하는 사람은 없겠지, 하고 홀로 수긍하는 저녁이었다.

눈밑에 상처가 있는 청년이 들어온 건 마감 시간인 여덟 시가 되기 육 분 전이었다.

"빵, 아직 살 수 있나요?"

청년은 정수리에 모자처럼 쌓인 눈더미를 털고 들어와 물었다. 그는 영락없이 누군가와 크게 싸운 몰골이었다. 입가엔 붉은 멍이 자리했고, 소매 끝에는 토사물 같은 것이 묻어 있었다. 왼쪽 눈밑에 날카로운 것이 스치고 지나간 듯 작은 빗금이 도드라졌다.

그는 지쳐 보였다. 누구도 이길 수 없는 상대에게 패한 후련함과 비참함이 동시에 엿보였다. 마침 새벽부터 만들어둔 빵들이 거의 팔리지 않고 남아 있어, 수임은 고개를 끄덕였다. 청년은 진열대 위의 빵을 전부 쟁반에 담았다.

산처럼 쌓인 빵들을 수임은 자신의 속도로 덤덤히 계산하고, 포장했다. 그러는 사이 청년은 꺼진 텔레비전을 가만히 응시했다. 작동하지 않는 브라운관을 통해 어떤 구체적인 장면을 보고 있는 듯했다. 굳은 입매와 찌푸린 미간 때문에 화가 난 사람처럼 보였다.

수임은 평소에 말을 거의 하지 않았다. 원래도 말수가 많지 않았는데 홀로 빵을 굽는 세월이 길어지면서 더욱 그렇게 되었다. 어차피 손님들도 갈수록 사람보다는 꼭 필요한 말만 하는 기계를 선호하게 되어 별다른 문제는 없었다. 간혹 단골손님에게 안부를 묻거나 날씨 이야기를 하는 게 전부였고, 수다쟁이 손님에게도 맞장구를 치는 게 고작이었는데 그날만은 청년에게 먼저 말을 걸고 싶었다. 하여튼 이상한 날이었다. 수임은 빵 봉투를 건네며 물었다.

"밥을 안 먹었나?"

청년은 카운터 위의 빵 봉투를 물끄러미 내려다보다 답했다.

"네. 그게, 도저히 안 넘어가더라구요."

잠깐의 침묵. 수임은 되물었다. 청년이 그래주길 바라는 것 같아서.

"왜?"

"제가 찍지 말자고 했거든요."

"……."

"저는 그런 걸 찍으려고 방송국에 들어간 게 아닌데."

아침 일찍부터 죄인 박정자의 집에 방송국 차량들이 들어찼다는 뉴스가 떠올랐다. 청년은 계속 읊조렸다. 작게, 하지만 분명히.

"그런 건 스너프잖아요. 그런데 이 말을 하니까 다들 어쩔 수 없다면서, 누군 좋아서 찍는 줄 아느냐며 화를 내더라고요. 그래서 싸웠어요. 저 같은 건 필요 없다고 하길래 저도 이런 곳에 필요한 인간 같은 거, 되고 싶지 않다고 외치고 뛰쳐나왔어요."

그때, 눈이 내리고 있었다. 진눈깨비가 점차 함박눈으로 변했다. 쉽게 그칠 것 같지 않았다. 강풍에 문에 달아둔 작은 종이 연신 짤랑였다.

"나와서, 시내버스를 타고 서울을 한 바퀴 돌았어요. 길을 걷는 사람들도, 버스 안의 사람들도, 벤치에 앉아서 누군가를 기다리는 사람들도 전부 휴대폰을 보더라구요. 흔한 장면이잖아요. 의도치 않게 앞자리에 앉은 사람이 보는 영상이 창에 비쳤어요. 시연 중계 채널이었어요."

남자는 버스에서 내렸다. 내리고 보니 방송국 앞 정류장이었다. 그는 거리에 서서 사람들을 보았다. 바쁘게 걷는 사람들은 휴대폰을 보느라 꼿꼿이 선 남자를 피하지 못했다. 여기저기서 부딪혔다. 다들 짜증을 냈고, 다시 휴대폰에 코를 처박았다. 그는 반대로 고개를 쳐들었다. 어두운 하늘에 흰 눈송이들이 흩날렸다. 그 사이사이로 선명한 대형 전광판이 보였다. 하나도 빠짐없이, 전부, 죄인에 대해 이야기하고 있었다. 합리화하기 위해 붉게 격앙된 얼굴과 크게 벌어지는 입 모양, 굵은 글씨체와 반점으로 강조한 죄목들이 깨진 유리 조각처럼 그를 할퀴었다.

"중계는 예정대로 진행되었어요. 역시, 저 같은 건 없어도 아무 지장 없더군요. 저는 눈발 사이로 공포에 질린 거대한 얼굴을 마주 봤어요. 똑바로 보기 위해 노력했고, 곧 궁금해졌어요. 타인의 저런 얼굴을…… 사람들이 정말 보고 싶어 한다고? 그럴 리 없는데. 아무리 세상이 망가졌다고 해도 아직 그 정도까진 아니라고…… 저는 믿어요. 믿고 싶어요."

거기까지 말하고서 남자는 잠시 멈추었다. 바짝 마른 입술의 상처에서 피가 흘렀다.

"만약 보고 싶어 하지 않는데 보여주는 거라면, 그건 카메라를 이용한 폭력이잖아요. 너무 징그러웠어요. 세상이 끔찍하게 변한다고 그 안의 모두가 끔찍해질 필요는 없잖아요. 그런데 그 장면이 너무 당연하게 그냥 나왔고, 저는 꼭 가짜를 보는 기분이 들었어요. 저게 진짜일 리 없다. 분명 조작일 것이다."

그때 영상 아래에 글자가 떠올랐다. [본 장면은 모두 실황입니다.]

"갑자기 속이 안 좋아져서 상암 한복판에 다 토했어요."

수임은 느리게 대꾸했다.

"쏟아냈으니 배가 고프지."

"허기가 져요."

"근처 살아?"

남자는 고개를 끄덕였다.

"앉아서 먹고 가."

수임은 간이 냉장고에서 우유 한 팩을 꺼내 건네며 좁은 빵집의 유일한 테이블을 가리켰다. 영업이 끝나면 앉아서 장부와 일기 등을 쓰는 곳이었다. 불편한 스툴에 앉으면 정면의 출입문이 보였다. 출입문은 강화유리라 바깥 풍경이 고스란히 비쳤다.

“저기 앉아서 먹어. 천천히. 꼭꼭 씹으면서.”

청년은 그 자리에 앉아서 빵과 우유를 먹었다. 늦은 밤의 빵집은 고요하기만 했다. 수임은 구식 난로 앞에서 잠깐 졸았고, 일어났을 때 남자는 이미 떠난 후였다.

그는 이후로도 종종 수임의 빵집에 빵을 사러 왔다. 알은체를 할 때도, 아무 말 없을 때도 있었다. 어느 날은 처음 만나는 사람을 위해, 또 어느 날은 가족을 위해 빵과 케이크를 사고 포장을 부탁했다. 여러 빵을 샀지만 모카빵은 항상 빼먹지 않았다. 그러다 어느 날부터인가 보이지 않았다. 수임은 그가 이사를 갔겠거니 했다.

⋆

수임의 응급처치가 끝날 때까지, 필숙은 곁을 지켰다. 다행히 크게 놀랐을 뿐 손목의 찰과상 외에 다친 곳은 없었다. 응급실은 주취자와 거리를 맴도는 광신도들에게 공격당한 이들로 가득 차 혼란했다. 간단한 몇 가지 검사 이후,

나란히 누워 한 시간 동안 링거를 맞고서 두 사람은 병원을 나왔다. 그새 눈이 많이 쌓여 있었다. 저 멀리 어딘가에서 비명과 파열음이 들렸고, 사이렌이 울렸으며, 맞은편의 젊은 여자는 눈물을 흘리며 걸었다. 캐롤 대신 과격한 찬가가 들려오는 거리에서, 필숙은 수임에게 빵집 말고 자신의 집으로 가자고 제안했다.

"새진리회 놈들이 언제 다시 올지 모르잖아요. 지금 장사가 중요한 게 아니에요. 먼저 죽어도 사자들은 나타나는데, 굳이 두 번 죽을 생각은 아니시죠?"

그 말에 수임은 그들이 가져간 낡은 일기장을 떠올렸다. 유별난 날에만 드문드문 쓰인, 별 볼 일 없는 노트였다. 더 나이가 들었을 때 잊어버리지 않으려고 레시피 비슷한 걸 적어놓긴 했으나 완전히 정확하지는 않았다. 그 안에 그들이 원하는 내용은 없을 것이다. 하지만 없는 죄도 만들어내는 이들의 손에 들어갔으니 손때 묻은 상념들이 얼마나 악용될지 모를 일이었다.

필숙은 걸음을 멈추고 수임의 답을 기다렸다. 당장 눕고 싶을 만큼 몸이 피곤했고, 엉망이 된 가게를 마주할 생각을 하니 심란해져 수임은 알겠다고 답했다. 과한 친절을 베푸는 필숙에게 모종의 의심도 일었지만 그의 말대로 어차피 자신은 일주일 후면 죽을 사람이었다. 일주일은 의심이라는 감정에 자리를 내주기에 너무 짧은 시간이었다.

필숙은 반색하며 곧장 택시를 잡았다. 정류장에 앉아 택시가 오기를 기다리는 사이, 필숙은 조심스레 물었다.

"다른 손님 이야기를 해도 될까요."

수임은 고개를 끄덕였다. 필숙의 얼굴을 마주 보자 비로소 새벽 공기를 닮은 명쾌함이 찾아왔다.

"현우예요. 오현우. 그 애가 사장님 모카빵을 무척 좋아했어요."

정류장에서 시작된 이야기는 히터로 데워진 택시 안에서 계속되었다. 평소라면 잘 시간이라 노곤했지만 소란의 영향인지 피로했음에도 잠은 오지 않았다. 필숙의 목소리는 깊고 부드러워 듣기 좋았다.

"평범하게 학교 나와서 이런저런 잡일을 하다가 방송국에 들어갔어요. 아, 피디처럼 대단한 건 아니고 그냥 카메라 다루는 일이요. 사실 저도 잘 몰라요. 현우가 워낙 무뚝뚝하기도 했고 애초에 대화가 많은 집은 아니었어서. 그렇다고 사이가 남 같았다는 건 아니에요. 눈코 뜰 새 없이 바

빠도 생일이나 기념일은 어떻게든 챙겼거든요. 남편이 암으로 죽은 후 혼자 남은 저를 나름대로 신경 썼던 거 같아요."

필숙은 잠시 말을 끊고 침묵했다. 택시는 대교를 달렸다. 창밖에 검은 물이 넘실거렸다. 이제 없는, 사랑하는 사람에 대해 말하는 건, 저 물에 뛰어드는 마음과 비슷하지 않을까…… 하고 수임은 생각했다. 필숙이 다시 말을 이었다.

"저는 그거면 됐어요. 가끔 안부를 묻고, 일 년에 두어 번씩 함께 밥을 먹는 거요. 자주 보지 않더라도, 같은 하늘 아래 땅을 딛고 있으니 보려면 언제든 볼 수 있다는 믿음만으로도 충분했어요. 언젠가 그 애에게 이 말을 그대로 한 적이 있거든요. 그날은 오늘처럼 눈이 많이 왔고…… 새진리회가 첫 시연 중계를 내보낸 날이었어요."

두 사람의 시간 선이 서로를 스치고 지나갔다. 그날, 수임의 마지막 손님이었던 청년은 빵을 사서 어머니인 필숙의 집으로 갔다. 지금 수임이 향하는 곳으로.

"그날을 선명히 기억해요. 현우가 한밤에 빵을 잔뜩 사들고 집에 들렀어요. 혼이 나간 사람처럼. 무슨 일이냐고 물었는데 답을 안 하고 모카빵이 맛있다고만 해요. 한 입

먹었더니 정말 맛있던데요. 제가 원래 빵을 그다지 좋아하지 않는데, 정말 이상할 만큼 너무 맛있었어요. 그런데 그 달콤한 것을 먹으며, 저는 뭔가를 직감했던 거 같아요. 세상의 오늘과 내일이 같지 않을 거란 사실을요. 어쩌면, 그나마 조용한 세상에서 먹는 마지막 빵이라는 느낌. 이유 없이. 막연히. 불안에 뒤척이며 자고 일어난 아침이었어요. 현우는 제게 어제 오는 길에 고지를 받았다고 말했어요."

"그날…… 고지를요."

"네, 고지요. 수임 씨에게도 나타난 그 거대한 얼굴이요. 멋대로 들이닥쳐서 뭔가를 망치고 사라지는 그 이기적인 존재요. 시연이니, 고지니, 숨겨진 죄인들이 벌을 받고 권선징악이 어쩌고, 사실 별 관심 없었어요. 저랑은 먼 이야기 같았으니까요. 전 창피하게도, 처음엔 정말 그들이 벌을 받아 마땅하다고 생각했어요……."

필숙은 믿기지 않아 혹시 꿈을 꾼 것은 아니냐 되물었다. 현우는 가만히 생각하더니, 사실 꿈이었다고 답했다. 응, 꿈이 맞아. 엄마가 자는 사이 내가 꿈을 꿨어. 그렇게 말했다고 한다. 필숙은 안도하며 물었다. 그래서, 꿈에서는 네가 언제 죽는다니? 현우는 답했다. 한 이 년 후에.

뭐야, 멀었네. 그치, 아직 멀었어. 현우는 웃었다.

"그리고 일 년 후에, 사라졌어요. 사라지기 전 일 년 동안은 고지가 정말 꿈이었다고 믿었을 만큼 평범했던 걸로 기억해요. 방송국을 그만두고 뭔가 다른 일을 한다고, 세상을 많이 돌아다녀야 한다고요. 전보다 자주 얼굴을 봤고, 함께 여행도 갔어요. 저를 만날 때마다 현우는 모카빵을 사 왔고요."

필숙의 목소리가 폭우에 무너진 지반처럼 흔들렸다. 택시는 한 구축 아파트 단지의 입구에 섰다. 필숙이 먼저 내리고, 수임이 따라 내렸다. 수임은 필숙의 등을 보며 어떤 말을 건네고 싶었으나, 어떤 말을 건네야 할지 알지 못했다. 괜히 안달이 나는 기분이 들었다. 상실한 자에게 필요한 것이 침묵을 참지 못해 뱉는 형식적인 위로는 아닐 것이다.

"따라오세요. 거의 다 왔어요."

듬성듬성한 가로등 세 개를 지나자 104동이라고 적힌 건물이 나타났다. 104동 3층 302호. 필숙의 집은 그처럼 정갈했다. 꼭 있어야만 하는 것들이 딱 알맞은 장소에 놓여 있었다. 한편으로는 과하게 살림이 없는 것처럼 보이기도 했다. 살아가는 데 필요한 최소 단위의 물건들 사이에서 그에 속하지 않는 유일한 것이 눈에 띄었다. 2인용 소파 아래 놓인 낡은 상자였다. 수임이 상자를 응시하자 필숙은 그 앞으로 다가가 무릎을 꿇고 앉았다. 마른 손끝이 뚜껑을 열자 형광등 불빛 아래 빼곡한 내용물이 드러났다. 안에 담긴 건 각양각색의 편지봉투와 노트들. 작은 인형, 반지 케이스, 안경과 같은 잡동사니였다.

필숙은 그 잡다한 것들을 애틋이 바라보며 중얼거렸다.

"현우가 유일하게 두고 간 거예요."

그리고 수임을 올려다보며 말했다.

"이건 혐오가 등한시하는 진실이에요. 목소리들, 기억들, 아무리 죄를 덧씌우려 해도 순결하게, 꿋꿋이 존재하는 개인 개인의 진심이요. 그것들은 여전히 여기 있어요."

⋆

사라지기 전까지 일 년간 현우가 했던 일이란 고지받은 자와 그들의 가족들을 찾아가 목소리를 보존하는 것이었어요. 박정자의 자식들을 찾아갔고, 신일영을, 정주현을, 온라인에 죄인이라고 떠도는 이름들을요. 누군가는 정말

무고해 보였지만 또 누군가는 세상에 사라져 마땅한 사람 같아 보였대요. 하지만 현우가 하고자 하는 건 판단이 아니었어요. 그들에게서 목소리를 받아냈어요. 왜곡되지 않고 남기를 바라는 유일한 것을요. 그것은 듣는 이 하나 없는 유서이거나, 사랑하는 사람들에게 주는 편지, 욕설이나 오열, 또 간직하고 싶은 기억이나 삶을 증명하는 증표일 때도 있었어요. 어떻게든 그들을 얄팍한 죄인으로 만들려는 새진리회와 화살촉 무리의 눈을 피해 그것들을 보존했어요. 사람들은 죽은 자들의 진실공방에는 관심이 없죠. 거짓과 진실을 가려서 그들이 되돌아올 수 있다면 모르겠지만, 그럴 수 없다면 허무할 뿐이니까요. 하지만 진실은 필요해요. 인간이 인간으로 존재하기 위해서요. 현우는 바로 이것이, 지옥이 된 세상을 언젠가 조금이나마 되돌릴 수 있는 씨앗이라고 믿었어요. 이 안에는 현우의 편지도 있어요.

이제는 알아요. 고지가 진짜였다는 걸. 그래서 현우가 떠났다는 걸요. 사자들의 방식이 워낙 끔찍해서 인적 없는 곳으로 숨는 사람들이 점점 늘어난대요. 전문 업체도 있다고 하고요. 잿더미로 변하는 그런 모습을, 어느 누가 보여주고 싶겠어요. 한편으로는 시연을 본뜬 포르노와 스너프 필름의 수요가 폭증했다더군요.

공개적인 죽음은 수치심을 자극해요. 초월적인 존재가 우리를 한낱 잿더미로 만들고, 그런 걸 보여주고, 우리는 또 그들을 숭배해요. 정말 이런 게…… 신의 뜻일까요? 그저 혼란이 목적인…… 악의 가득한 미지는 아니고요?

세상에는 납득 가지 않는 커다란 흐름이 존재해요. 우리 모두가 이상한 곳으로 가고 있어요. 역겹고 두려워요. 하지만 궁금하기도 해요. 한 마리의 송사리가 물길을 바꿀 수 있을까요?

저는 현우가 어디서 죽었는지 몰라요. 시신도 찾지 못했어요. 현우는 자신의 죽음을 은폐하는 방식으로, 본인의 존엄성과 제 안위를 지켜주고 싶었던 거 같아요. 대신 생일이랑 크리스마스마다 엽서가 도착해요. 그 엽서에는 늘 다른 풍경에 대한 묘사와 안부 인사가 적혀 있어요. 엄마, 쉰여덟 번째 생일 축하해. 내가 있는 곳은 하늘이 아주 맑아. 치앙마이의 망고는 무척 다네.

그래서 사실 아직 믿고 싶지 않아요. 현우가 고지를 받았고, 끔찍하게 죽었을 거란 걸. 꼭 현우가 아직 어딘가에 살아 있는 것 같아요. 전 세계를 돌아다니고 있어서 만날 수는 없지만…… 그래도 그 거짓말에 속으면 비참함이 가셔요. 엽서가 오는 날만은 지옥 같은 기분에서 벗어날 수 있어요. 현우는 도대체 몇 장의 엽서를 미리 써놓았을까요?

무언가 견딜 수 없는 날이 오면 상자를 열어봐요. 그 안의 갈 곳 잃은 마음들을 읽어요. 어떤 편지는 죽은 자의 부탁대로 주인에게 건네주었고, 어떤 물건은 원하는 장소에 묻었어요. 여기 남은 건 보존 그 자체를 바라는 것들이에요. 광기와 폭력보다 오래 남아야 하는 것들이요.

수임 씨, 수임 씨도 남기고 싶은 말이 있지 않나요. 아주 사소하더라도, 누군가 보잘것없다고 비웃는다 해도, 훼손되지 않기를 바라는 진심의 결정이요. 강제로 씌워진 오명을 부정하는 세월의 궤적이요. 제가 그것을 보존할게요. 현우가 그랬듯이.

그 말에, 수임은 빼앗긴 일기장과 모카빵의 레시피를 떠올렸다.

⋆

다음날, 두 사람은 아침 일찍 일어나 수임의 가게로 향했다. 가게 앞에는 수임보다 먼저 도착한 손님들이 망연자실한 얼굴로 서성이고 있었다. 수임의 임시 휴일 선언에 어떤 이들은 짜증을 내며 돌아섰으나, 몇몇 사람은 남아 도울 것이 없냐고 물었다. 수임은 고개를 저으며 손 몇 개 더해진다고 해결될 꼴이 아니라고 말했다. 그러자 머리가 벗겨진 등산복 차림의 남자가 버럭 외쳤다.

"일단 해보면 다를지도 모르죠! 가게가 정리되어야 빵을 만드실 것 아닙니까? 저는요, 빵을 위해 전국을 돌아다니는 사람이란 말입니다. 제 사전에 끝내 먹지 못한 빵이란 있을 수 없습니다."

수임은 자신의 고지일까지 고작 엿새가 남았다는 사실을 떠올렸다. 남자는 초조하면서도 비장한 눈으로 주변을 살피더니, 가게 안으로 걸어 들어가 멋대로 넘어진 가구를 바로 세우고 엉망이 된 재료들을 정리했다. 그러자 신기한 일이 벌어졌다. 떠나지 않고 남아 눈치를 보던 사람들 몇몇도 별안간 그에 합세해 가게를 치우기 시작한 것이다. 필숙은 질 수 없다는 듯 근처 마트에서 락스를 사 와 진열대 창의 붉은 낙서들을 닦아내고 떨어져나간 간판 글자를 색 테이프로 채웠다. 수임은 얼떨떨한 기분으로 빵집이 차츰 원래의 모습을 되찾는 과정을 바라보았다. 그러는 동안, 사람들은 수임을 구석 자리에 내내 앉혀놓고 꼼짝 못하게 했다. 가게가 정리되면 빵을 구워야 하는데, 괜히 궂은일을 했다가 다치면 말짱 도루묵이 된다는 이유에서였다.

수임은 지난밤 혀가 잘릴 뻔했던 의자에 앉아 분주히 움직이는 사람들을 눈에 담았다. 필숙의 집에서 보았던 상자가 스쳐 지나갔고, 그다음엔 수년 전의 적막이, 현우의 목소리가, 빵을 기다리는 사람들이 얼굴이 이어졌다. 과거의 얼굴들은 현재의 것과 겹쳐져 시공간을 잇는 실이 되었다. 예견된 미래가 절망적이라 한들 과거가 무의미해지는 건 아니었다. 그게 바로 세상을 이렇게 만든 악한 신이 가장 바라는 것일 테다.

수임은 결심했다. 필숙에게 레시피를 남겨주어야겠다. 시연당하는 그 순간까지 빵을 만들 테다.

빼앗긴 것에 연연하기엔 시간이 부족했다. 수임은 굴러다니던 장부를 주워 맨 마지막 장을 쭉 찢었다. 그 위에 밀가루와 먼지투성이의 볼펜을 주워 글자를 적어내려갔다.

재료 : 강력분, 계란, 우유, 버터, 커피 가루, 이스트……

하지만 곧장 난관에 부딪혔다. 수십 년을 매일같이 반복한 레시피인데, 글자로 풀어 쓰려니 이상하게도 확신이 들지 않았다. 커피 가루가 4그램 들어갔나, 아니면 6그램 들어가던가? 순서는 헷갈리고 숫자 역시 정확하지 않았다. 수임에게 베이킹이란 '그냥'과 '감'으로만 이루어진 어떤 루틴이었다. 빼앗긴 일기장에 적힌 레시피 역시 그 꼴인데.

"사장님, 대충 다 정리된 것 같아요. 어, 뭐 적으시는 거예요?"

부지런히 바닥을 닦아준 단발머리 학생이 다가와 물었다. 점심시간이 가까워져서인지, 학생의 배에서 소리가 났다. 수임은 레시피를 기록하는 방법을 바꿔야겠다고 생각했다. 가만히 앉아서 머리 싸매고 있어봤자 소용없을 게 분명했다.

"다들 기다려봐요. 필숙 씨, 저 좀 도와주시겠어요?"

그리하여, 수임은 다시 조리대 앞에 섰다. 수임이 빵을 제조하는 동안 필숙이 틈틈이 그램 수를 확인하며 레시피를 다듬었다. 사람들은 주린 배를 부여잡고서 길고양이처럼 얌전히 가게 앞에 앉아 빵이 구워지기를 기다렸다. 점점 향긋한 냄새가 번지자 그들의 허기는 더욱 깊어졌다.

점심시간이 한참 지난 후에야 모카빵과 피자빵, 단팥빵이 여섯 개씩 완성되었다. 세 개의 레시피가 정리된 순간, 수임은 무척 마음에 드는 유언장을 적은 것만 같은 충만함과 후련함을 느꼈다.

★

커다란 쟁반 위에 연기가 모락모락 피어오르는 열여덟 개의 빵들이 놓였다. 둥글게 둘러앉은 사람들은 빵을 향해 선뜻 손을 뻗지 못했다. 보다 못한 수임이 냉장고에서 꺼내온 마지막 팩 우유들을 내려놓으며 말했다.

"드세요."

그제야 사람들은 조심스레 빵을 집어 들었다.

한동안 아무 대화도 없이 먹기만 했다. 비좁고 조용한 빵집을 우물거리는 소리와 미지근한 훈기, 커피 향 섞인 단내가 은은하게 채웠다. 첫 번째 모카빵을 아주 느리게, 꼭꼭 씹어 음미한 등산복의 남자는 급기야 눈물을 흘리며 말했다.

"정말 맛있네요. 이 빵을 먹을 날이 얼마 남지 않았다니……."

단발머리 학생도 말했다.

"전 이 빵만큼이나, 이 골목과 가게가 좋아요. 사라지지 않으면 좋겠어요. 요즘엔 모든 게 너무 쉽게 사라지는 것 같아요."

그 말에 내도록 가만히 이야기를 듣고 있던 여자가 분통을 터뜨렸다.

"전 원래부터 맹신자들이 싫었어요. 그들의 믿음에는 혐오의 논리가 함께하니까요. 요즘 뉴스를 보면 한숨만 나와요. 사람도 사건도 너무 극단적이기만 해요."

여자는 손에 쥔 단팥빵을 세게 움켜쥐며 중얼거렸다.

"그냥 세상이 다 이 빵으로 변해버리면 좋겠어요. 빵이 맛있게 구워지려면 모든 게 적절해야 하잖아요."

수임은 온통 빵으로 변한 세상을 상상해보았다. 빵 인간, 빵 빌딩, 빵 자동차…… 빵으로 된 고지자와 빵 지옥에서 온 지옥사자. 그건 분명 너무 타서 망해버린 빵이겠지. 헛웃음이 나왔다. 이렇게 실없는 상상으로 웃는 게 너무 오랜만이라 당혹스럽기까지 했다. 다들 비슷한 상상을 한 건지 작은 키득거림은 곧 폭소로 바뀌었다.

하지만 오래가지 못했다. 웃음소리가 커지기 무섭게 날벼락처럼 파열음이 내리꽂혔다. 모두들 놀라 뒤를 돌아보았다. 유리 진열장 한가운데에 큼지막하게 금이 간 채로, 바닥에는 깨진 보도블록이 떨어져 있었다. 그리고 탁탁, 멀어지는 발소리가 들렸다. 입가에 빵가루를 묻힌 남자는 벌떡 일어나 가게 밖을 살폈다. 하나둘 일어선 사람들을 따라 수임도 나섰다. 남자가 보도블록을 들고서 응시하는 방향을 보자 작아지는 누군가의 뒷모습이 보였다.

"내가 이놈을."

남자가 말을 끝내기도 전에 단발머리 학생과 여자가 먼저 범인을 쫓아 달렸다. 패기 있게 테러를 가한 범인은 우습게도 발이 꼬여 넘어진 탓에 멀리 가지 못하고 붙잡혔다. 바닥에 엎어진 범인을 일으켜 세운 후 세 명이 달라붙어 연행했다. 목적지는 당연히 수임의 빵집이었다. 무력하게 이끌려 오는 범인의 왜소한 어깨와 눈을 마주한 순간, 수임은 그가 지난 밤 자신의 손목을 묶은 신도라는 걸 알 수 있었다. 남자가 그를 바닥에 내동댕이치며 물었다.

"화살촉? 아니면 새진리회 놈이야? 왜 가만히 있는 남의 빵집에 벽돌을 던져?"

맨얼굴의 신도는 기껏해야 고등학생쯤으로 보였다. 아이는 말간 얼굴로 아랑곳하지 않고 독설을 쏟아부었다.

"불경한 자식들. 죄인이 만든 빵을 먹으며 실실대기나 하고. 당신 같은 것들 때문에 세상이 혼란한 거야."

"진실을 말해줄까? 너는 그냥 믿음에 취한 지금이 행복하지 않아서 우리의 웃음을 견딜 수 없었던 거야. 예전부터 꼭 이렇게 남이 웃는 걸 못 견뎌 하는 놈들이 있어요."

남자의 반박에 신도는 외쳤다.

"당신들이 뭘 알아! 신은 있어. 내가 살아 있는 게 그 증거야. 세상은 이제야 올바르게 작동하는 거야. 진즉부터 이렇게 돌아갔어야 해!"

짝, 거센 타격음이 울렸다. 조용히 다가간 필숙이 어린 신도의 뺨을 갈겼다. 필숙은 잘게 떨리는 목소리로 반문했다. 앞니로 꽉 짓씹은 입술에서 피가 흘렀다.

"너야말로 뭘 아는데? 죽은 사람들에 대해 뭘 그렇게 잘 아니? 그들의 삶을 바로 옆에서 지켜봤니? 그들 곁에 있어봤니? 그들 모두가 정말, 그런 죽음을 맞이하는 게 합당하다고? 그렇게 믿는 게 편해서 그리 믿는 건 아니고?"

신도는 겁에 질려 있었다. 수임의 눈에는 그게 보였다.

동시에 그는 결코 가볍지 않은 신념으로 가득했다. 단지 공포와 세뇌로 주입된 믿음이 아니었다. 수임은 순전히 저 맹목적인 믿음의 근원이 궁금했으므로, 신도의 답을 기다렸다.

신도는 수임을, 필숙을, 손님들을, 그리고 테이블 구석에 놓인 빵들을 노려보았다. 그리고 떨리지만 분명한 음성으로 대꾸했다.

"어, 봤어. 다 봐서 하는 말이야. 신이 심판해주지 않았다면 나는 양부에게 맞아 죽었을걸? 그 미친 새끼. 매일같이 엄마랑 나를 폭행했어. 그러면서 밖에서는 신사적인 교육자인 척했는데, 전부 그 위선에 속더라고. 아무리 도움을 청해도 소용없었어. 그러다 엄마는 집을 나가고 나만 남은 거야. 그날도 어김없이 맞고 있었어. 딱 한 대, 한 대만 더 맞으면 죽을 것 같았어. 바로 그 순간, 고지자가 나타나 양부에게 지옥에 떨어진다고 예언했지. 그는 정확히 십 분 후에 시연당했어."

어린 신도는 수임을 똑바로 바라보며 물었다.

"이게 신이 행한 정의가 아니면 뭔데?"

빵집은 다시 고요에 휩싸였다. 전부 입을 다물고 저마다의 질문에 빠졌다. 필숙은 동상처럼 서서 여전히 신도를 내려다보고 있었다. 신도는 고개를 떨구고는, 주저앉은 채로 뒷걸음질쳐 오븐에 등을 기대고 웅크렸다. 너무 조용해 시간이 멈춘 것만 같았다. 수임이 신도의 크로스백에 삐죽 튀어나온 노란 귀퉁이를 발견한 건 바로 그 고요의 틈새에서다.

"얘, 너 혹시."

그것은 분명히, 빼앗긴 노트였다.

"그거, 나 돌려주려고 온 거니?"

신도는 당황한 듯 크로스백을 품에 안으며 세게 고개를 저었다.

"아, 아니. 아니거든?"

작은 눈동자가 이리저리 굴렀다. 그러다 이내 뭔가 결심한 듯, 가방을 열고 노트를 꺼내 바닥에 내던지며 말했다.

"도, 돌려주려고가 아니라 버리려고 챙겨 온 거야. 의장님이 쓸모 있는 내용 하나 없다고 갖다 버리랬어."

말은 그렇게 했으나, 정말 버릴 것이었다면 외진 빵집까지 올 필요가 없었다. 이 어린 맹신도는 수임의 혀를 자르지도, 노트를 버리지도 못한 것이다. 수임은 노트를 주워 들었다. 하룻밤 새 여기저기 구겨지고 찢어졌지만 그것은 분명 수임의 상념이 담긴 노트였다. 그것을 비로소 필숙에게 맡길 수 있게 되었다. 수임은 몸을 숙여, 갈 곳 잃은 아이의 눈을 마주 보았다. 그 까맣고 둥근 세계 안에는 아직 사자들이 보이지 않았다. 아이가 불편한 듯 몸을 더 웅크리자, 작게 공복을 알리는 소리가 비져나왔다. 수임이 조심스레 입을 여는 찰나, 손님 중 한 명이 당혹스러운 목소리로 외쳤다.

"여, 여러분. 텔레비전 좀 틀어볼까요? 지금 이상한 일이 벌어지고 있다는데……"

단발머리 학생도 휴대폰을 들여다보고는 놀란 표정을 지었다. 필숙이 팔을 뻗어 구형 텔레비전의 전원을 켰다. 뉴스 속보가 흘러나왔다.

도심 곳곳에서 집단 고지가 확인되었습니다. 현재까지 지옥행이 보고된 인원만 수만 명에 이르며……

수만 명.

그 압도적인 숫자를, 어떻게 판단해야 할까? 이 작은 빵집에 있는 누구도, 고지받은 자와 보존하는 자, 상실한 자와 나약한 자, 맹신도와 빵 마니아들, 학생도, 어른도 그 답을 알지 못했다. 다만 서로의 얼굴을 확인하며 두려움에 가까운 감정을 추스르기 위해 애쓸 뿐이었다. 수임은 브라운관에서 시선을 떼고서, 멍하니 고개를 들고 믿을 수 없다는 얼굴을 한 신도 아이를 향해 물었다.

"어때, 네 생각엔 저 수만 명이 전부…… 네 양부만큼 악했을 것 같니?"

신도는 답하지 않았다. 대신 눈치 없는 위장이 이 와중에도 운동을 이어갔다. 수만 명의 죽음과 지옥행이 예지된 와중에도 살아 있는 사람들은 허기를 느꼈다. 살아 있기 때문에 피할 수 없는 애처로움을.

"뭐, 그럴 수도 있겠지. 하지만 아닐 수도 있겠지. 인간은 어쩌면 영영 이 현상을 이해하지 못할지도 몰라."

신도는 배를 감싸고서 수임의 시선을 피했다. 수임은 볼살이라곤 없이 가죽만 겨우 붙어 있는 아이의 턱을 응시하다, 쿡쿡 쑤시는 무릎에 힘을 주고 일어섰다. 아직 빵이 남은 쟁반 앞으로 다가갔다. 모카빵 하나, 피자빵 두 개. 단팥빵 하나가 남아 있었다. 갓 나왔을 때보다는 식었지만 온기가 느껴졌다. 그것은 여전히 부드러웠고, 달콤한 냄새를 풍겼다. 팩 우유도 딱 하나가 남았다. 수임은 그것을 들고서, 신도를 향해 말했다.

"앉아서 먹고 가. 천천히. 꼭꼭 씹으면서."

그리고 생각했다. 내일 아침 일찍 일어나 빵을 구우려면 오늘은 일찍 잠자리에 들어야겠다고. ■

새끼 사자

최미래

최미래

2019년 단편소설 〈우리 죽은 듯이〉로 《실천문학》 신인상을 수상하며 작품 활동을 시작했다. 소설집 《녹색 갈증》 《모양새》가 있다. 2024년 이상문학상 우수상을 수상했다.

너 공포가 무슨 뜻인 줄 아냐? 하긴 네가 알긴 뭘 알겠냐. 배워먹었어야 알지. 공포라는 단어는 말이야, '두려울 공'에 '두려워할 포'를 쓴다. 두려운 거랑 두려워하는 거. 이 두 개가 같아 보이는데 완전히 달러. 두려운 거 느껴봤지? 새끼야, 너 겁 많잖아. 경기장 들어가면 그냥 저절로 떨리잖아. 그게 두려운 거. 몸에 꽉 끼치는 거. 자기가 지금 두려움을 느끼고 있는지 이게 어떤 감정인지 생각할 겨를도 없이 완전히 휩싸인 상태. 그거야. 그러면 두려워하는 건 뭐냐. 뭔지 아는 거야. 내가 지금 두려움을 느끼고 있구나, 머리로 이해하는 거야. 차이점을 알겠냐? 그러면 딱 대답해. 너 지금 두렵냐? 뭐가 두려운데? 왜 말을 못해. 이해는 했냐? 눈

똑바로 떠 이 새끼야. 너를 혼내는 게 아니야. 어차피 두려울 건데 뭐가 다른가 싶지? 달라 이 새끼야. 다르다고. 뭣도 모르고 벌벌 떠는 거랑 내가 두려움을 느끼고 있구나, 체감하고 있구나, 두려움 속에서 두, 려, 움, 이라는 것을 온몸으로 받아들이고 있구나, 아예 다른 거라고. 두렵고 또 두려워하는 게 합쳐져야 진정한 공포가 되는 거야. 자기가 두려워하고 있다는 걸 깨닫는 거. 그게 관건이라고. 네가 뭘 해야 하는지 이제 알겠냐?

여기저기 흩어져 있던 김지환의 요소들이 모여들고 있었다. 요소. 혹은 물질. 인간으로서는 이해하기 어려운 상태지, 김지환은 생각했다. 김지환이었던 것이던가. 김지환이 자신의 상태를 이해하거나 받아들이기 어려운 것과 별개로 요소들은 점점 모여 하나로 뭉쳐졌다. 멀리서 바라보면 벌떼가 몰려들어 거대한 무리를 형성하는 것 같을지도 모르겠다. 하지만 그것들은 벌떼보다 잿가루와 비슷했다. 김지환을 이루던 영혼, 기억, 감정, 땀, 살과 피였던 것이지 않을까. 아마도. 김지환은 평소 잿가루와 비슷한 부스러기가 되어 흩어져 지냈다. 기억을 넘나들며 시공간을 헤맸다.

그러다 부름이 오면 뭉쳐졌다. 어쩌면 나는 응어리에 가까운 것일까. 이건 나의 일인가. 저주인가. 업보인가. 똘똘 뭉쳐진다. 여기저기 퍼져 있던 내가 뭉쳐진다. 몸의 무게가 감각되고 움직임이 느껴져. 사자가 될 때마다, 완성되기 직전 김지환(이었던 요소들)은 코치의 목소리를 들었다. 공포가 무슨 뜻인 줄 아냐? *네가 알긴 뭘 알겠냐.*

사자가 된 김지환은 지상으로 달렸다. 코치의 목소리를 기점으로 생각은 점차 사라지고 목표만 남았다. 누구를 어떻게 찾아가는지, 시연의 목적은 무엇인지 그런 건 알지 못했다. 생각이 완전히 사라지고 사자 한 마리만 남았다. '시연을 이행한다'라는 명령만 입력된 것처럼 김지환이었던 사자가 달렸다. 목표물을 발견하면 타격했다. 주먹에 닿는 인간의 살과 뼈. 살은 으깨지고 뼈는 부서져. 인간의 몸은 생각보다 단순하다. 중심이 되는 머리뼈, 척추뼈, 그리고 장기를 감싼 갈비뼈를 타격한다. 그러면 나머지는 알아서 뭉크러진다. 사자에게 시연은 부름과 이행에 불과했다. 목표를 찾아내서 타격하기. 머리뼈, 척추뼈, 갈비뼈의 순서. 그리고 빛.

일이 끝나면 사자는 다시 달렸다. 달리면서 부스러졌다.

다시 잿가루와 비슷한 요소들로 여기저기 흩어졌다. 김지환은 감정과 기억을 넘나들며 헤맸다. 내가 누구인지 여기는 어디인지 생각하면 안 돼. 생각은 또 다른 생각을 불러오고, 나는 또 다른 장면으로 쪼개지고 흩어지고, 다시 생각에 빠지고 거기서 헤어나오지 못하게 되니까. 그러니까 애초에 생각하지 말아야 한다고 김지환은 생각했다. 생각이 생각으로 번지는 일은 인간도, 인간이었던 사자도 막을 수 없는 일이었다. 그래서 파생된 장면. 오늘은 의지에 대해 생각했지. 사자가 되면 인간을 맹목적으로 패버려. 시연을 이행한다는 것, 그리고 사람의 살과 뼈를 순서대로 으스러뜨리는 감각 외에 마음이나 감정 따위는 없지. 그래서 김지환은 오랜만에 생각했다. 그럴 때가 있었는데. 의지를 품고 분명한 목적을 지닌 채로 인간을 타격할 때가.

투기꾼들의 함성. 눈을 가늘게 뜨고 관객석을 유심히 바라보면 그들의 충혈된 눈과 더러운 낯빛을 확인할 수 있었다. 인간이었던 김지환은 무대 위에서 그 함성을 온몸으로 받아냈다. 쏟아지는 욕설과 광기가 김지환의 머리, 어깨, 등 위로 화살처럼 쏟아졌다. 경기가 시작되었다. 검은색 염료를 뒤집어쓴 김지환이 긴장한 눈동자를 굴리며 숨을 골랐다. 목덜미는 이미 축축했다. 검은색 땀이 두어 방울 무대와 발등 위로 떨어졌다. 긴 창을 든 선수가 김지환에게 달려들었다. 김지환은 자세를 한껏 낮추었다. 창끝에 달린 쇠붙이만 피하면 그다음은 쉬웠다. 상대에게 몸을 밀착시켜 머리, 머리, 머리를 타격했다. 급소를 때리면 너무 빨리 패배를 인정할 테니까. 첫 번째 상대란 본보기에 불과했다. 나머지 선수들을 위한 게 아니었다. 본보기의 대상은 오로지 관객. 내가 이렇게 멋진 퍼포먼스를 합니다. 내게 더 많은 돈을 걸어요.

사람들이 혼란에 떨든 말든 이곳은 견고했다. 박정자의 시연 이후 사자 싸움은 크게 성행했다. 고지나 시연에 대한 화제성 때문일까. 지극히 원초적인 경기 방식 때문일까. 경마장이나 각종 불법 도박을 하던 사람들도 지하 경기장으로 몰려들었다. 더 많은 시연자가 나타날수록, 그래서 지상의 세계가 흔들릴수록 지하는 깊고 또 넓어졌다. '사자 싸움'은 사자 대 인간의 싸움을 형상화한 게임이었다. 검은 염료를 뒤집어쓴 사자 역할 선수가 한 명, 그리고 사자를 물리칠 영웅 역할 선수가 세 명. 일 대 다수로 경기가 진행

되었다. 규칙은 간단했다. 영웅들은 무기를 하나 사용할 수 있다. 사자는 무기를 사용할 수 없다. 사자는 자기 몸에 칠해진 검은 염료를 영웅들에게 묻혀야 한다. 영웅에게 염료를 가장 많이 묻힌 사자가 승리한다. 한 경기당 한 시간. 하루에 준비된 사자는 총 다섯 명. 그리하여 경기는 총 다섯 번 이루어진다. 사람들은 1번부터 5번 사자 중 하나에게 돈을 건다.

규칙은 누구를 위한 걸까? 가짜 사자가 되어 무대 위에 오른 김지환은 생각했다. 당연하게도 규칙은 다른 식으로 적용되었다. 경기는 항상 세 명의 영웅이 한 명의 사자를 다시는 일어설 수 없도록 만들면서 끝났다. 염료를 묻히기는커녕 망가진 곳 없이 경기장을 내려가기만 해도 다행이었다. 경기는 짧고 격렬했다. 삼십 분을 버티는 사자도 드물었다. 사자 중 누가 그나마 오래 버티는지, 누구의 상태가 덜 심각한지가 심사 기준이 되었다. 김지환은 이 경기를 계획하고 개최한 이가 누굴까 궁금했다. 화제를 돈으로 참 잘 이용해먹는구나. 사람들이 사자 싸움에 열광하는 이유는 천사니 사자니 하는 갑작스럽게 발생한 초자연적인 존재를 인간은 이길 수 없기 때문일 것이다. 그렇다면 이 게임은 인간의 바람을 귀여운 놀이로 승화시키려는 의도였을까. 킥킥. 개소리. 개같은 생각. 그냥 싸우는 게 재밌는 거지. 거기에 돈까지 걸리니 열광하지 않을 리가.

창을 빼앗아 경기장 밖으로 던진 김지환은 야구 배트와 도끼를 든 선수들을 바라보았다. 날붙이가 있는 것부터 처리하는 게 편했다. 오늘은 무기가 시원치 않네. 낫을 든 선수를 상대했을 때는 좀 까다로웠는데. 두 선수가 김지환에게 한꺼번에 달려들었다. 김지환은 도끼를 빼앗는 데 집중했다. 야구 배트가 등과 어깨를 타격하든 말든 김지환은 도끼를 빼앗아 제 손에 쥐었다. 사자는 무기를 사용하지 못하는 게 규칙. 하지만 관객의 호응을 끌어낼 수 있다면 규칙을 지키는 듯 어겨도 문제 되지 않는 것이 지하 경기장의 보이지 않는 또 다른 규칙. 김지환은 도끼를 경기장 밖으로 던졌다. 도끼가 날아가며 야구 배트를 든 선수의 팔을 스쳤다. 비명과 함성이 뒤섞였다. 김지환은 여유 있게 걸어가 바닥에 떨어진 야구 배트를 발로 치웠다. 이제 모든 선수는 무기를 쥐고 있지 않았다. 게임의 본래 규칙을 쓸모 있게 만든 선수는 김지환이 유일했다. 남은 시간은 십오 분. 이제는 영웅들의 몸에 염료를 묻히는 게 가짜 사자의 목표였다. 김지환은 한 선수의 허리를 뒤에서 감싸안으며 최대한 몸을 비볐다. 그러는 동안 다른 선수가 김지환의 비어 있는 등 뒤를 가격했다. 자기 몸에 묻은 염료를 상대에게 묻히려면 상대를 잡고 늘어지거나, 업히는 식으로 달라붙어야 했다. 경기 초반의 거친 격투와 달리 그 모습은 꽤 우스꽝스러웠다. 관객들은 가짜 사자가 영웅에게 매달리는 모습에 환호했다. 자신의 검은 때를 최대한 남에게 옮기고 묻힌다는 점에서 어쩌면 이 게임은 생의 본질을 꿰뚫고 있을지도 모르겠다고, 가짜 사자 김지환은 생각했다.

김지환은 이곳에서 인생을 배웠다. 삼촌은 가출 후 갈 곳 없는 김지환을 엄마 몰래 데려다가 잠자리를 마련해주고, 밥을 주고, 술도 따라주었다. 배달 일은 돈이 안 되니 아까운 재능을 살려보면 어떻겠냐며 직접 코치가 되어 훈련도 시켜주었다. 삼촌은 사람 보는 눈이 있었다. 코치로서의 역량도 좋았다. 김지환이 가진 능력을 세 배 이상 끌어냈다고 해도 과언이 아니었다. 첫 경기 출전 날, 검은 염료를 뒤집어쓴 채 김지환은 벌벌 떨었다. 날 선 무기들이 눈에 들어왔기 때문만은 아니었다. 영웅 역할을 맡은 선수 중 한 명이 김지환을 알아보고 실실 웃었다. 불법 스포츠 도박으로 빌린 돈을 갚지 못했을 때, 고등학생이던 김지환을 찾아온 깡패 중 한 명이었다. 그날 김지환은 정신을 여러 번 잃을 정도로 맞았다. 그때의 장면이 지금으로 이어지기라도 한 듯, 김지환은 첫 경기에서 맥을 못 췄다. 도망가기에 바쁘고 별다른 반격을 취하지 못하자 관객석에서 야유가 쏟아졌다. 허리와 종아리에서 피가 터졌다. 힘을 잃은 다리가 고꾸라지자 김지환에게 건 사자권을 찢는 이도 있었다. 코치는 한 번뿐인 타임 찬스를 썼다.

너 공포가 무슨 뜻인 줄 아냐? 하긴 네가 알긴 뭘 알겠냐. 배워먹었어야 알지. 너 지금 두렵냐? 뭐가 두려운데? 무기에 찔리고 베이고 아플까봐? 나는 네가 정말로 그런 걸 두려워할 거라고 생각 안 해. 내가 너를 잘 알지. 어렸을 때부터 네가 깡다구 하나는 끝내줬잖아. 눈에 뵈는 게 없어 보이면 사람들은 두려워하지 않는 줄 안다. 근데 눈에 뵈는 게 없는 사람도 두려워. 두려움을 느끼는 건 당연해. 그러니까 눈 똑바로 떠 이 새끼야. 혼내는 게 아니야. 네가 가진 천부적인 재능을 자꾸 모른 척하니까 나는 그게 열 받는 거야. 두렵지. 동시에 심장이 빠르게 뛰고 손이 떨리고 머릿속에서 불이 탁탁 튀지. 내가 두려워하고 있구나, 그걸 제대로 느껴. 가봐.

그날 김지환은 첫 경기를 화려하게 마쳤다. 코치의 말이 맞았다. 상대를 타격할 때마다 불씨가 탁탁 튀었다. 불씨는 불꽃이 되고 김지환은 불 그 자체가 된 것처럼 경기장을 휩쓸었다. 경기가 끝난 후에는 아무도 모르는 지하 깊숙한 창고에 들어가 울었다. 지하 경기장보다 더 아래, 휴대폰 불빛이 없으면 계단도 문도 보이지 않는 곳이었다. 김지환은 경기가 끝날 때마다 그곳에서 눈물을 훔치고 숨을 고르다가 올라왔다. 현재 요소로서의 김지환, 아니 바스러진 김지환의 요소들은 경기장의 기억에 사로잡혀 있었다. 그랬지. 거기서 나는 인생을 배웠지. 공포는 별거 아니야. 두렵고 또 두려워하는 것. 삼촌은 그걸 알려줬어. 별것도 아닌 새끼가. 진짜 공포가 뭔지도 모르면서.

김지환은 수많은 요소로 흩어져 여기저기 오만 가지 기억에 머문다. 그중에는 진짜 있었던 일인지 아닌지 구분하기 어려운 것들도 있다. 기억은 원래 그래. 진짜 있었던 일에 착각이 끼어들고, 기억인 줄 알았는데 전부 착각에 불과한 것도 있다. 기억은 암기력이나 경험보다도 믿음의 문제에 가깝겠어. 진짜 있었던 일이라고 믿으면 진짜 기억이 되어버리니. 김지환은 또다시 부스러지고 흩어지면서 기억에 머물고, 또 다른 기억으로 간다. 부름이 있기 전까지. 그렇게 떠돌고 헤매다가 착각을 진짜 기억으로 만들어. 이건 나의 일인가. 저주인가. 업보인가. 삼촌은 내게 재능이 있다고 했다. 그건 사실일까. 나는 나의 재능 때문에 사자가 되어버렸나.

세상은 나를 버렸지만 나는 세상을 구하는 데 일조한다. 화살촉에 들어가 활동하던 시절 김지환은 정말 그렇게 믿었다. 어두운 새벽부터 해가 떠 오는 아침까지 경기를 뛰고도 에너지가 남아돌던 때였다. 번 돈을 쓰며 즐기는 방법도 있었겠으나, 김지환은 의미 있는 일을 하고 싶었다. 형 요새 돈 잘 번다면서요. 소문났어요. 이민성이 연락을 해왔다. 가출팸에서 만나 친하게 지냈던 동생이었다. 김지환은 이민성이 햄버거 세트 하나에 단품 버거를 두 개 더 추가해 먹는 걸 바라보았다. 다른 애들은 어떻게 지내냐는 물음에 이민성이 말했다. 뿔뿔이 흩어졌죠. 다른 팸 간 애들도 있고, 업소 들어간 애들도 있고. 김지환은 그 후로 이민성을 종종 불러내 경기에서 번 돈으로 밥을 사주었다. 이민성이 허겁지겁 먹는 꼴을 보고 있으면 마음이 편안해졌다. 이민성은 종종 친구를 데려와 머쓱하게 웃었다. 며칠 굶었대서요. 어느 날, 김지환은 이민성과 그 외 세 명에게 삼겹살을 구워주었다. 그들의 휴대폰으로 동시에 호출이 왔다. 이민성과 아이들은 고기를 급하게 입에 쑤셔넣고 나갈 준비를 했다. 찌개가 반이나 남아 있었다. 먹을 걸 남길 애들이 아닌데. 김지환은 이민성의 팔을 잡아챘다. 애들아 밖에서 담타 하고 있어. 금방 갈게. 이민성은 자신과 아이들이 화살촉이라고 했다.

저희도 나름 활동을 해요.

지옥 갈까봐?

네. 흐흐. 그것도 그렇고 재밌어요.

신이 활시위를 당기면, 우리는 날아가야지요! 화살촉 아이들이 외쳤던 구호는 촌스럽고 구렸다. 그래도 재밌었다. 잃어버렸던 학창 시절을 되찾은 것처럼. 깊은 밤 김지환이 엑셀을 밟으면 아이들은 창밖으로 몸을 반 이상 내놓고 소리를 질렀다. 낫으로 코 베어 가듯 슥슥슥슥 빠르게 지나가던 나무들과 가로등 불빛들. 어떤 날은 오토바이 뒷자리를 얻어 타기도 했다. 휘청거리다가 중심을 잡고 앞으로 나아가는 오토바이. 화살은 휘청이는 법이 없는데 너희는 왜 이렇게 흔들리니. 재밌어. 곧게 나아가는 애들이었으면 이런 중대사를 처리할 수나 있겠어요? 고글을 쓴 아이가 대답하고. 재밌다 재밌어. 화살촉 아이들과 함께 다니면서 김지환은 경기가 끝난 후 지하 창고의 어둠 속에서 눈물을 훔치지 않게 되었다. 갈 곳이, 만날 사람이, 할 일이 있기 때문이라고 김지환은 생각했다.

쇠 파이프가 땅바닥에 끌리는 걸걸하고 청아한 소리. 겁을 집어먹은 사람들은 금방 눈물을 보였다. 주차장은 조명이 어둡고 소리가 울려서 더 재밌었다. 우리의 목표는 고지받은 자의 가족들이었다. 고지받은 자의 위치를 불고, 그가 무슨 죄를 저질러왔는지 말하라고 했다. 몰라? 모르면 맞아야지. 모르는 건 어렸을 때나, 학교에서나, 경기장에서나 모두 잘못에 해당했다. 아니 그렇잖아. 우리는 부모 잘못 만나서 개같이 굴러먹으며 살았는데, 고지받은 사람들 보면 잘 살잖아. 잘못한 건 걔넨데. 세상이 이상하다고. 고지받은 사람들 봐봐. 집도 있고 직장도 있고 애들도 줄줄이 낳아서 잘 산다고. 고지받았을 정도면 그동안 깨끗한 척 평범한 척 시발 얼마나 더러운 짓을 저질렀겠냐고. 그러니까 좀 억울하기는 하지만은 세상이 우리를 버렸어도 우리는 세상을 구하는 데 일조해야 하는 게 맞다고요. 맞는 게 뭔지 정도는 우리도 알아요. 잘못 자랐다고 폐인같이 사는 게 아니라 열심히 살고 싶어요. 저는 그래요. 그리고 좀 재밌잖아요. 정의감에 불탄 목소리로 이민성은 화살촉으로서의 존재 의미를 설파했다. 어린놈이 그래도 생각이 있네.

시원한 밤바람에 몸을 맡기던 시절. 김지환의 요소들 가운데 꽤 많은 부분이 그 기억 속을 떠다녔다. 오빠, 선배, 형님 다양하게 불렸지. 편의점 도시락 하나에도 기쁨을 감추지 않으며 몇 번이나 고개 숙이던 아이들. 잘 먹을게요. 오빠, 선배, 형님. 김지환은 경기 횟수를 줄이고 화살촉 활동 시간을 늘렸다. 그럴듯하게 사는 거. 그게 뭔지 알 것만 같았다. 김지환의 일부 요소들은 언제나 그 장면을 헤매면서 미화된 추억을 애타게 빨아먹을 것이다. 또 다른 요소들은 그 시절을 지난다. 김지환은 생각을 멈추어야 한다고, 계속해서 파생되는 기억에 들어갔다 나오고 헤매면서 이대로 살 수는 없다고 생각한다. 하지만 생각은 멈춰지지 않는다.

만약 내가 사자가 된 이유가 있다면 여기에 가깝지 않을까. 김지환의 요소들이 초파리 떼처럼 모여 한 기억의 스크린 앞을 서성인다.

화살촉 활동에 가담한 지 삼 년쯤 지나자, 김지환의 화살은 끝이 뾰족해졌다. 이 사람은 정말로 자기 배우자가 죄인인 걸 모르는 것 같은데요? 그런 건 상관없어. 모르는 것도 죄잖아. 그렇네요. 그렇지. 화살은 멀리 날아가라고 만들어진 게 아니라 어디에라도 박혀야 그 소명을 다하는 것이었다. 그러니 설정한 목표를 찾아내지 못하면 만들었다. 없으면 만들어. 가리켜. 신이 활시위를 당겼으니, 우리에게 기회를 주었으니 어디라도 날아가 박혀야지. 한 사람의 몫을 다해야지. 그날 찾아간 집에는 중학생으로 보이는 여자애 하나만 있었다. 죄인은 어디 있니? 네 엄마 어디 갔느냐고. 여자애는 입을 다문 채 자기보다 훨씬 큰 화살촉 아이들을 노려보았다. 마지막으로 빨아 입은 게 언제일까. 여자애의 교복 셔츠는 전체적으로 누렇게 바랬고 목과 소매 부분이 특히나 더러웠다. 김지환은 어울려 다니는 화살촉 무리의 리더와 다름없었다. 그날의 임무를 다하고 화살촉 아이들의 배를 채워주어야 했다. 화살촉 아이들은 물건을 부수고 냉장고를 열고 여자애를 울렸다. 여자애는 우는 소리를 내지 않고 눈물만 흘렸다. 뭐라도 하고 가야 하는데, 뭐라도 했다는 기록을 남겨 가야 하는데 화살촉 아이들은 어물쩍거렸다. 겁을 주다 말고, 집을 어지르다 말고. 오늘따라 왜 이렇게 심약한 애들만 모인 건지. 뭐 때문에 망설이는지 김지환은 정확히 알고 있었다. 사방에서 한기가 새어들어오는 이 집, 집의 냄새, 여자애의 얼굴에 배어 있는 이 느낌. 화살촉 아이들 그리고 김지환도 잘 알고 있는. 코치는 확실히 사람 보는 눈이 있었다. 김지환은 재능이 있었다.

애들아. 공포가 무슨 뜻인 줄 알아? 우리가 못 배워먹었어도 알 건 알아야지. 공포라는 단어는 말이야, '두려울 공'에 '두려워할 포'를 쓴다. 두려운 거랑 두려워하는 거. 이 두 개가 같아 보이는데 완전히 다른 거라고. 너희 지금 두렵지? 이게 맞나 싶고, 이 애가 너네랑 비슷해 보이고 막 그러지? 망설이고 있잖아. 그게 두려운 거. 몸에 꽉 끼치는 거. 자기가 지금 두려움을 느끼고 있는지, 이게 어떤 감정인지 생각할 겨를도 없이 완전히 휩싸인 상태라는 거야. 그러면 두려워하는 건 뭐냐. 뭔지 아는 거야. 내가 지금 두려움을 느끼고 있구나, 머리로 이해하는 거야. 차이점을 알겠어? 눈을 왜 피해. 혼내는 게 아니야. 우리가 뭘 하는지 제대로 이해한 다음에 해야 한다는 거야. 두렵고 또 두려워하는 게 합쳐져야 진정한 공포가 되는 거야. 내가 두려워하고 있다는 걸 깨닫는 거. 언제까지 두려워할 거야. 우리라도 세상을 구원해야 하지 않겠어?

코치가 심어준, 아니 사실 오래전 스스로 터득한 공포를 김지환은 화살촉 아이들에게 제대로 알려주었다. 김지환은 이 재능을 리더십이라고 믿었다. 그날 화살촉 아이들은 한 단계 발전했다. 지금까지 해온 짓들이 양아치 장난에 불과했다면, 그날은 프로 의식이 있었다. 아이들이 느끼는 공포는 그 여자애의 인생. 그랬던 시절로 되돌아가는 것. 그러지 않으려면 일을 제대로 해야지. 자기가 뭘 두려워하는지 알아야지. 쓸모없고 하찮은 걸로 남지 않기 위해서는. 그날 죄인의 위치는 파악하지 못했지만, 그 여자애가 죄인의 가족으로서 처벌당하고 반성하는 모습은 영상으로 무사히 기록되었다. 공포, 공포, 머리, 척추, 갈비. 인생은 단순하다. 인간의 몸보다 훨씬 더 단순하다. 이로써 또 하나의 목표 해결. 신이 활시위를 당기면 우리는 날아가야지요.

온라인에 여자애의 영상이 퍼지기까지는 한 시간도 채 걸리지 않았다. 그동안 많은 죄인의 가족들이 처벌당하고 눈물을 흘렸지만, 이번 영상은 반응이 남달랐다. 댓글들은 하나같이 여자애가 진심으로 우는 게 느껴진다고 했다. 다른 죄인들이나 가족들은 죄를 뉘우치고 반성한다기보다 무서워서 울고불고 무릎 꿇고 그랬잖아요. 근데 얘는 진짜 무슨 자기가 고지받은 것처럼 온 힘을 다해 우네. 세상이 정화되고 있다느니 화살촉이 그 변화에 한몫하고 있다느니 하는 반응에 화살촉 아이들은 들떴다. 고기를 굽고 술을 마시며 신념을 견고히 다졌다. 김지환은 기쁘고 웃겼다. 가장이 된 것 같아서 기뻤고, 댓글 반응이 웃겼다. 뭔 진심으로 울고 어쩌고 난리들이야. 그냥 두려운 게 아니라 공포에 절어서 우니까 저런 얼굴이 나오는 거지. 아무것도 모르는 새끼들이. 김지환은 어렴풋이 느꼈다. 아, 내게서 인간으로서의 뭔가가 떨어져나갔다. 내 안 깊숙한 곳에 있던 것을, 혼자서만 알고 있어도 되었던 것을 굳이 끄집어내서 행했구나. 아이들한테 가르쳤구나. 그래서였을까. 술을 먹고 집으로 돌아가던 늦은 새벽, 고지를 받았을 때 김지환은 그다지 놀라지 않았다. 영상으로만 보았던 천사의 얼굴이 담벼락 위에서 등장했다. 생각보다 크고 입체적이었다. 김지환 너는 5일 뒤 4시에 죽는다. 그리고 지옥에 간다. 김지환은 무서웠다. 두려웠다. 그동안 치렀던 경기들이 떠올랐고, 화살촉 아이들의 경쾌한 웃음소리가 한차례 지나갔다. 인간으로서 나는 잘 배우고 익힌 것을 이행하고 또 변형해서 나만의 방식으로 만들어냈어. 근데 왜 내가 지옥행을 고지받았지. 천사가 사라진 후에도 김지환은 동이 틀 때까지 담벼락 아래 앉아 있었다. 몸이 차게 식어갔다. 엉덩이가 얼었고 손과 발이 시렸다. 어이없고 억울했으나 놀랍지는 않았다.

D-3. 고지받은 후에는 경기를 뛰지 않았다. 화살촉에 참여하지도 않았다. 김지환은 제 발로 벗어난 본가에 돌아왔다. 술주정 하나 제대로 방음이 되지 않는 낡은 아파트였다. 건조대나 훌라후프 같은 개인 물건이 복도 곳곳에 놓여 지저분했다. 사람들은 빈대떡을 나누어 먹으며 김지환에 대해 수군거렸다. 깡패 같은 놈이 집으로 돌아왔대. 원래 아이들이 뛰놀았던 아파트 중정은 고요했다. 담배를 피우러 나갔을 때 마주친 이웃집 아저씨는 김지환을 기억하고 있었다. 그는 사계절 중 세 계절을 메리야스에 트렁크 팬티

만 입고 지냈다. 지금은 겨울. 몸에 달라붙은 회색빛 내복 위로 마른 몸의 골격이 볼품없이 드러났다. 나가보니까 별거 없지? 여기만 한 데가 없어. 학생이었던 김지환이 얻어터진 채 쫓겨났을 때도 아저씨는 비슷한 말을 했었다. 나가봐도 별거 없어. 그래도 가족이 최고다. 김지환은 아파트 중정을 골똘히 내려다보았다. 복도에서 소리를 지르면 가운데가 텅 빈 중앙 뜰에 목소리가 울렸다. 하지만 내질러진 비명에 누군가 문을 열고 뛰어나온 적은 없었다. 김지환이 인생을 배운 곳은 어쩌면 이 아파트일지도 몰랐다. 희망도 없고 가진 것도 없고 그냥 뭣도 없기만 한 곳.

D-2. 예민했던 어머니는 늙어버렸고, 아버지는 여전히 불만이 많았으나 몸집이 줄어들었다. 두 사람은 말없이 김지환을 집에 들였다. 각종 잡다한 물건이 쌓여 있긴 했지만, 김지환의 방에 있던 낮은 침대와 작은 책상은 그대로였다. 조립식 행거가 옷의 무게를 이기지 못하고 쏟아질 듯 기울어져 있었다. 김지환은 침대에 온종일 누워 맞은편에 놓인 행거를 바라보았다. 보기에는 멈추어 있는 것 같지만 행거는 계속 힘을 받고 있을 것이다. 무게를 견디다가 어느 순간 풀썩, 앞으로 혹은 아래로 쏟아지듯 무너지겠지. 오래

된 후드티, 곰팡이가 슬어버린 패딩, 검은색 코트. 옷들 사이로 그림자가 흘러내렸다. 쿵 쿵 쿵 쿵 낡은 아파트를 무너뜨릴 기세로 사자가 달려오는 소리. 나의 오래된 옷들을 커튼처럼 제치고 등장하는 사자. 이 집으로 돌아온 이유는 가증스럽고 애처로운 나의 부모에게 시연을 보여주고 싶어서. 왜? 복수하고 싶은 걸까? 와야 할 것 같아 돌아오긴 했으나, 김지환은 왜 자신이 여기서 시연을 맞이하려는지 알 수 없었다.

D-1. 김지환이 전화를 받지 않자 이민성은 매일 장문의 메시지를 남겼다. 의아해하다가 서러워하고 결국에는 화를 내기도 했다. 김지환은 두려움에 떨었다. 사람 사는 일이란 참 가소롭다고 생각하면서 몸과 마음을 덜덜 떨었다. 마지막 메시지는 꽤 의미 있긴 했다. 저번 여자애의 처벌 영상을 본 새진리회 쪽에서 연락을 취해와 애들한테 임무를 주었다는 내용이었다. 돈도 주고 밥도 줘요. 우리 이제 좀 쓸 만해졌다고요, 형. 김지환은 오랜만에 웃음을 터뜨렸다. 웃음소리를 듣고 집에 있던 어머니가 방문을 열었다. 어머니는 3초 정도 김지환을 바라보더니 조용히 방문을 닫았다. 그때까지도 김지환은 웃음을 멈추지 않았다. 쓸 만해

졌다니. 이민성다운 생각이야. 웃겨 죽을 것 같았다. 그 어느 때보다 열심히, 최선을 다해 활동하고 있을 이민성이 그려졌다. 물건을 때려 부수는 것밖에 할 줄 아는 게 없던 순박하고 둔한 애였다. '두려울 공'과 '두려워할 포' 중에 '포'는 절대 갖지 못할 줄 알았는데. 인간은 발전하는구나. 저번만 해도 제법 그럴듯했으니 앞으로 얼마나 뾰족한 촉을 지니게 될까.

D-day. 겨울의 작은 방은 해가 들지 않아 낮에도 어두컴컴했다. 김지환은 가만히 누워 있었다. 이불로 몸을 감싸고 있었는데도 손가락과 발가락이 시렸다. 방 안 공기가 찼다. 온몸이 눈사람처럼 똘똘 뭉쳐지는 것 같기도 하고, 찬 기운이 스밀 때마다 몸의 모서리가 조금씩 떨어져나가는 것 같기도 했다. 아무래도 상관은 없었다. 자고 있다가 갑작스럽게 시연을 받고 싶었다. 할 수만 있다면 잠든 채로 죽어버리고 싶었다. 하지만 김지환은 고지받은 후로 한 번도 깊게 잠들지 못했다. 이건 뭐 사는 게 사는 것도 아니고. 고지받은 날짜가 밭아서 그나마 다행이라는 생각마저 들었다. 한 달 이상이었으면 미쳐버렸을지도 몰라. 김지환은

두려움을 느끼면서, 자신이 무엇을 두려워하는지에 대해 계속해서 생각했다. 두려움이라는 단어가 입안에서 구르고 구르다가 공포가 되었다. 아파트 벽 너머로 사람들이 수군거리는 소리가 들렸다. 옆집, 옆 옆집, 위아래 집 현관문이 빠르게 열리고 또 닫혔다. 내가 고지받았다는 걸 들켜버렸나. 김지환은 심장이 뛰었다. 저 쓸모없는 것들이 내가 인간한테 맞을 때는 도와달라고 그렇게 외쳐도 무시하더니, 인간이 아닌 것한테 맞아 죽는 건 구경하고 싶어서 우리 집으로 몰려오려는 건가.

착각인 줄 알았으나 사람들은 정말로 집 밖으로 나오고 있었다. 두꺼운 현관문이 열리고 닫히는 소리가 몇 번이고 이어졌다. 이따금 흐느끼는 소리가 귀에 들어왔다. 김지환은 운동복 차림 그대로 양말을 신고 모자를 썼다. 현관문을 열자 사람들이 웅성거리며 중정을 내려다보고 있었다. 한 여자가 울고 있었다. 여자 앞에는 담요에 돌돌 싸인 아기가 놓여 있는 것이 보였다. 고지받았대. 저 여자가? 아니, 저기 아기 말이야. 곧 시연을 받을 거래. 태어나자마자 무슨 죄를 지을 수 있다고 지옥에 가. 헛소리 아니야? 곧 땅이 울렸다. 어깨를 움츠리던 사람들은 사자가 등장하자 소리를 질러댔다. 김지환은 손목시계를 보았다. 고지받은 시간까지 여덟 시간 반이 남아 있었다. 사자는 정말로 김지환이 아니라 아기를 향했다. 하늘에서 눈이 내리고 있었다. 여자는 아기를 안아 들고 어설프게 사자를 피했다. 김지환은 가만히 서서 그걸 바라보았다. 사자 경기장이 떠올랐다. 사자 싸움 경기를 보고 있는 것만 같았다. 한 남자가 달려왔다. 웬 호스 같은 걸 바닥에서 주워 여자와 자신을 둘러 묶었다. 아기는 두 사람의 품 안에 잘 안겨 있었다. 세 사자가 세 사람을 둘러쌌다. 빛. 내리는 흰 눈보다도 더 하얗고 환한 빛. 시연이 끝나고 사자들이 돌아가자 아기가 울었다. 지저분하고 낡아빠진 아파트 중정에 아기 우는 소리가 울려퍼졌다.

시연까지 남은 시간은 여덟 시간 십오 분. 김지환은 어지러웠다. 이제야 어지러우면 뭐 어쩔 거냐고 스스로 되물으며 김지환은 아파트를 벗어나 걸었다. 모자를 꾹 눌러썼다. 공기는 이상하리만치 포근했고 눈송이가 닿을 때마다 얼굴과 손이 따끔거렸다. 고지와 죄, 천사와 사자 따위는 중요하지 않았다. 김지환은 여자와 남자를 생각했다. 아기를 보호하기 위해? 살리기 위해? 같이 죽기 위해? 이유가 뭐든 두려움을 무릅쓰고 서로를 껴안은 두 인간의 모습이 이해되지 않았다. 두려움을 느낀다면 할 수 없는 행위였다. 두렵고, 자신이 두려움을 느끼고 있다는 걸 안다면 더더욱 할 수 없는 포옹이었다. 이런 사람이, 저런 마음이, 그런 세계가 있다는 걸 김지환은 제 눈으로 똑똑히 보고도 믿을 수 없었다.

그리하여 김지환은 가장 익숙한 곳으로 향했다. 이곳은 이해하기 쉬웠다. 인간은 뭐든지 사고팔았다. 인간조차도 사고팔 수 있었다. 김지환은 가짜 사자들의 프로필을 살펴보았다. 인간의 몸은 단순하다. 움직일수록 커지니까. 김지환은 가진 돈을 털어 몇 장의 사자권을 구매했다. 경기장은 여전했다. 지상에서 무슨 일이 일어나든 말든 활기가 넘쳤다. 어쩌면 그래서 더 지하 경기에 심취하는 걸지도 몰랐다. 사람들은 관객석에서 일어나 사자를 응원했다. 일어나라, 다시 싸워라. 김지환은 구석에 앉아 시연을 기다렸다. 가짜 사자들이 하나둘 피 터지며 무대를 나뒹굴다가 떨어져나갔다. 환호는 욕으로 바뀌고, 분노와 환희가 뒤섞여 지린내를 풍겼다. 익숙한 소리와 냄새에 김지환은 편안했다. 저 멀리 코치가 뻔한 표정으로 가짜 사자에게 공포를 불어

넣는 모습이 보였다. 시연 시간이 다가오고 있었다. 아기는 살아남은 걸까. 왜. 아기를 위해 목숨을 아까워하지 않은 부모 덕분일까. 걔네는 도대체 무슨 생각이었을까. 어차피 죽으면 끝인데. 죽으면 아기를 보지도 못할 텐데. 그게 뭘까. 안타까움, 슬픔, 소중함. 소중함이려나. 경기를 보는 건 생각보다 재밌었다. 검은 염료를 뒤집어쓴 가짜 사자가 무기를 든 영웅들을 피해 며칠 굶은 개처럼 발발거리며 뛰어다녔다. 염료는 뜨거운 땀에 녹아내렸다. 가짜 사자가 제 얼굴을 손으로 훔칠 때마다 염료가 우스꽝스럽게 번졌다. 김지환은 흐흐 웃었다. 확실히 내가 재능이 있긴 했는데.

땅이 울렸다. 사자들이 가까이 다가온다는 걸 김지환은 땅의 떨림으로 알아챘다. 경기장은 순식간에 고요해졌다가 혼란에 휩싸였다. 어떤 이는 손에 쥐고 있던 사자권을 모조리 떨어뜨렸고, 어떤 이는 바닥에 흩어진 사자권을 줍느라 바빴다. 김지환은 왼쪽 귀로 사자의 발소리를 들었다. 오른쪽 귀에는 아기 울음소리가 자꾸만 맴돌았다. 두려웠다. 두려웠고, 자신이 지금 두려움을 감각하고 있다는 사실이 뼈저리게 느껴졌다. 사자는 경기장의 외벽을 뚫고 들어왔다. 지상의 찬 공기가 지하 경기장의 텁텁한 공기를 쫓아냈다. 사람들은 사자들이 향하는 곳을 바라보았다. 김지환을 알아챈 누군가가 김지환의 이름을 외쳤다. 사자 싸움에 목매던 투기꾼들이 역대 최강의 사자를 못 알아볼 리 없었다. 곧 수런거리던 사람들이 환호성을 내질렀다. 김지환의 이름을 무슨 응원 구호처럼 리듬을 실어 불러댔다. 짜증 나네. 지하에 처박혀 사는 것들이 아무것도 모르면서. 긴장감으로 크게 요동치던 김지환의 가슴에 한 줄기 혐오가 뻗쳤다. 잘난 삶은 아니었지만 살아보려고 존나 발버둥쳤는데 나한테 왜 이러지. 김지환은 지하 경기장을 내달렸다. 밖이 아닌 안으로, 지상이 아닌 지하로 들어갔다. 선수 대기실을 지나 지하 계단을 내려갔다. 아래로. 더욱더 아래로. 혼자 눈물을 훔치곤 하던 지하실 창고에 처박히고 싶었다. 달리는 동안 가출팸 시절 자신이 팔아넘긴 몇몇 애들의 얼굴을 떠올렸다. 하려면 제대로 해야지. 시범을 보여주자 공포에 절어 자신을 겨우 흉내 내던 화살촉 아이들을 떠올렸다. 영웅들의 종아리는 칼날이 스치기만 해도 픽픽 터졌다. 어쩔 수 없었어. 나도 억울해. 엄마, 아빠, 삼촌, 가출팸 형들, 선생, 알바 사장 하여간 새끼들. 그러면 얘네도 지옥 가야지. 가겠지.

죽을 때 억울했지. 어쩌면 시연당할 때 내가 마지막으로 느꼈던 감정이 응집된 사리 같은 걸까. 그렇다면 나는 억울함의 덩어리겠구나. 김지환의 몇몇 요소는 인간이던 시절 김지환의 시연 장면에 주춤거리며 머물렀다.

지하 경기장은 한 소도시 외곽의 폐물류창고 아래 위치했다. 예전에는 종교 집단의 집회 장소였고, 더 먼 옛날에는 노동자들의 숙소로 이용되었다. 어렸을 때 전쟁에 시달렸던 땅 주인이 대피소를 목적으로 파놓은 거라고들 했다. 김지환이 눈물을 숨기고 숨을 고르기 위해 헤매다가 찾아낸 지하 창고는 그 아래, 땅 주인이 아무도 모르게 만든 개인 방공호였다. 햇살 한 줄기, 바람 한 점 들지 않는 새까만 어둠 속에서 뜨거운 돌풍이 일었다. 김지환의 시연 이후 몇 년이 흘렀다. 사자 싸움 경기장이 다른 곳으로 옮겨지고, 폐물류창고는 아무 일도 일어나지 않은 것처럼 조용히 썩어가던 나날이었다. 재가 되어 사라진 것처럼 보였던 김지환의 숨, 영혼, 살, 뼈가 모여들어 열기를 띠었다. 온전히 형성된 속눈썹. 감긴 눈꺼풀 위로 눈동자가 움직였다. 어둡고 공기가 찼다. 아무것도 눈에 들어오는 게 없으니, 김지환은 눈을 뜨고서도 한 시간이 넘도록 자신이 다시 깨어났다는 사실을 인지하지 못했다.

김지환의 요소들이 가장 많이 머문 기억의 장면은 여기였다. 생각이 또 다른 생각으로 이어지고, 요소는 또 다른 요소들로 쪼개졌다. 사자가 된 김지환이 가장 망설이며 지나치지 못한 기억. 부활은 기회였을까. 사자가 되지 않고 인간답게 생을 끝낼 수 있었던 마지막 기회였을까. 다르게 살았더라면, 부활을 다르게 이용했더라면 내가 천 개 만 개 흩어지고 다시 뭉쳐지기를 반복하며 헤매지 않을 수 있었을까. 사자는 뭘까. 이 짓을 얼마나 오랫동안 계속해야 할까. 여긴 어딜까. 나는 누굴까. 내가 뭘 그렇게 잘못했나. 김지환은 가능성에 붙잡혀 있었다. 만약에 한 번 더 부활한다면, 저 장면으로 되돌아갈 수 있다면, 다시 산다면.

지하 창고에서 깨어난 김지환은 경기장으로 올라갔다. 텅 빈 무대와 관객석을 걸었다. 관객석에 앉아 무대를 바라보다가, 무대에 직접 서보기를 반복했다. 김지환은 가장 뜨겁게 살아 있던 곳으로 갔다. 그럴 수밖에 없었다. 수소문 끝에 찾아간 새 경기장은 물류창고에서 그리 멀지 않은 폐공장이었다. 삼촌은 조금 늙었지만, 여전히 코치로서 역량이 좋았다. 김지환은 가짜 사자가 되어 합리적으로 사람을 타격했다. 마음속에서 불씨가 튀고 불꽃이 일어나 김지환은 불 그 자체가 되었다. 몸과 마음이 뜨거워지니 그제야 자신이 인간으로 되돌아왔다는 걸 느낄 수 있었다. 그 불씨가 분노에서 비롯되었다는 걸, 김지환은 반은 알았고 반은 몰랐다. 이끌리듯 싸우다 보면 죽을 때 억울했던 감정이 치솟았다. 엄마, 아빠, 삼촌, 가출팸 형들, 선생, 알바 사장, 옆집 아저씨, 존나 흘겨보던 이웃들, 얻어 처먹기만 했던 화살촉 애새끼들, 냄새 나는 투기꾼 새끼들, 잘 세탁된 깨끗한 셔츠를 입고 지저분하다는 듯, 나라는 인간은 도저히 이해 불가능하다는 듯 쳐다보던 같은 반 새끼들. 뭘 그렇게 쳐다봐 너네는 인간으로서 뭐 그렇게 가치 있는 줄 아냐. 사는 게 뭔지 죽는 게 뭔지 아무것도 모르면서. 투기꾼들은 물 만난 듯 무대를 헤집는 가짜 사자 김지환을 바라보았다. 열광했다. 김지환은 우스웠다. 자기도 우습고 다른 사람들도 우습고 이 세상도 우스웠다. 그렇게 자신에게 꽂혀 있던 화살을 뽑아내 다른 이들을 가리키게 되었을 때, 김지환은 진짜 사자가 되었다. 인간이었던 가짜 사자 김지환이 진짜 사자가 되어가는 과정을 술에 취한 투기꾼들만이 환영해주었다.

그래서 나는 누구더라. 만약에 한 번 더 부활하거나 인간이 되면 나는 어디로 가야 할까. 집으로 갔다면, 화살촉 애들의 오토바이 뒷자리로 갔다면 사자가 되지 않을 수 있었을까. 추측과 착각과 수많은 가능성을 헤매던 와중에 신의 부름이 들려왔다. 김지환의 요소들이 다시 모여들어 뭉쳐지기 시작했다. 사자가 되기 직전, 김지환의 머릿속에 코치의 목소리가 들려왔다. 너 공포가 무슨 뜻인 줄 아냐? 네가 뭘 해야 하는지 알겠냐? 사자 김지환은 똘똘 뭉쳐졌다. 검은 연기, 검은 가루, 검은 응어리. 검은 팔과 다리. 검은 마음. 김지환은 두려움을 느끼면서, 자신이 무엇을 두려워하는지에 대해 생각했다. 두려움이라는 단어가 혀끝에서 구르고 구르다가 공포가 되었다. 진짜 사자는 공포를 놓지 않고, 아니 놓지 못하고 주무르고 매만지기를 반복했다. 공포는 '공'과 '포'가 되기도 하고 'ㄱㅗㅇㅍㅗ'로 뜯어졌다가 퓹, 하고 웃으니 'ㅍ'은 사라지고 그러면 뭐가 남는 줄 아냐? 광이 되는 거야. 신이 방향을 가리킨다. 사자는 엄청난 속도를 품은 채로, 맹목적으로 달려나갔다. ■

산사태

함윤이

함윤이

2022년 서울신문 신춘문예에 단편소설 〈되돌아오는 곰〉이 당선되며 작품 활동을 시작했다. 2023년 제14회 젊은작가상, 2024년 제14회 문지문학상을 수상했다.

오늘 봉오산에서 수산나와 만나기로 했다. 우리는 결딴을 낼 작정이다.

그 문자는 지난주 토요일부터 이번 주 화요일까지 매일, 연달아 도착했다. 발신자 미확인 번호로 온 사진 속 풍경은 내게 친숙한 것이었다. 최근 찍었는지 철조망을 감싼 수풀이나 무너진 건물 뒤편으로 보이는 산에 가을의 색이 배어 있었다. 폐허가 된 소성당과 잔해만 남은 보육원을 보자니 속이 사무쳤다.

이런 문자를 보낼 사람은 세상에 단 한 명뿐이었으므로, 나는 곧장 수산나에게 전화를 걸었다. 신호음은 얼마 가지 않아 끊겼다. 대신 문자가 왔다. 이번에는 수산나의 번호가 제대로 찍혀 있었다.

—금주 토요일. 오후 여섯 시. 고래 위에서 결딴을 내자.

저녁까지 문자를 그대로 내버려두었다. 식당을 닫고 집에 돌아가 몸에 묻은 고기 냄새를 말끔히 씻어낸 뒤에야 답신을 보냈다.

—그래. 그러자. 이제 그럴 때가 됐다.

그리고 오늘 아침 열 시, 수산나로부터 다시 문자가 왔다. 별 내용 없는 협박 문자였으나 마지막 문장만은 가슴을 쳤다. 수산나도 그 사실을 예견했던지 그 문장만을 두 번 반복했다.

—에스더 너, 영태를 기억해라.
영태를 기억해.

문자를 삭제한 뒤 다시 내비게이션을 켰다. 부러 새벽에 출발했는데도 고속도로는 꽉 막혀 있었다. 세상이 망해가고 지옥발 고지가 심심찮게 일어나도 사람들은 주말마다 서부간선도로를 타고 바다로 향하거나 자유로를 통해 철새들을 보러 갔다. 휴대폰 지도 속 붉게 칠해진 길을 보다가 다시금 문자를 복구하고, 한 번 더 영태라는 이름을 눈에 넣었다.

영태.

장영태.

군청이 있는 읍내를 지나 봉오산 일대에 들어섰을 때는 오후 한 시 반. 점심시간이었으나 배는 고프지 않았다. 그래도 사생 결딴을 내려면 몸 안에 무엇이든 채워넣어야 한다는 생각이 들었다. 배곯이 소리가 대결의 순간 울려퍼지면 그 민망함을 감당할 수 없을 것이다. 수산나는 그런 상황에서 얕게 웃는 융통성조차 없는 애였다.

도로변 식당은 하나뿐이었다. 백반집 앞에서 검은 후드를 코끝까지 뒤집어쓴 채 담배를 피우던 직원이 나를 보고서 화들짝 놀라 재를 털었다. 텅 빈 홀에 앉은 중년의 사장도 비슷한 반응을 보였다. 손님보다는 공허가 훨씬 더 익숙한 식당인 모양이었다.

사장이 주방에 들어가고, 어느새 마스크를 쓴 직원이 내게 다가와 주문을 받았다. 김치찌개와 달걀말이 그리고 제육볶음을 하나씩 시켰다. 직원은 말없이 주문을 받더니 잠시 후 흰 김이 뭉게뭉게 피어오르는 음식들을 가져왔다. 사장이 주방에서 얼굴만 비죽 내놓고 말했다. "몸집도 작은 아가씨가 많이도 먹네." 아가씨란 말이 듣기 좋아서 웃었다.

김치찌개와 제육볶음은 좀 짰으나 달걀말이는 통통하고 기름져 최후의 대결 전 식사로 알맞았다. 모조리 뱃속에 넣은 뒤, 과묵한 직원이 가져다준 믹스커피까지 마셨다. 배낭을 의자에 내려놓고 밖으로 나갔다. 담배를 피우며 문 닫은 상가 건물들 뒤편에서 아른거리는 봉오산을 보았다. 산은 이제 아주 가까이에 있었다. 막 가을에 들어선 숲은 상한 음식처럼 요란한 색을 띠었다.

반쯤 남은 담배를 비벼 끈 뒤 식당으로 돌아갔다. 직원이 내 배낭 안에 코를 박고 있었다. 버섯을 찾는 돼지처럼 킁킁대는 중이었다. 사장이 몇 발짝 뒤에서 팔짱을 낀 채 그 모습을 지켜보고 있었다.

"뭐 해요?"

직원이 후다닥 뒤로 물러났다. 나와 눈이 마주친 사장이 미소 지었다. 보라색으로 염색한 곱슬머리를 귀 뒤로 넘기더니 몹시 부드러운 목소리로 말했다.

"벌레가 들어가서……"

"지퍼도 다 잠가놨는데 무슨 벌레예요?"

내가 다가가자 직원이 몇 발짝 더 물러났다. 가까이 가도 얼굴은 볼 수 없었지만, 조그만 체구나 움찔거리는 모양새를 보아하니 아직 어린애 같았다. 나는 몸을 돌려 사장과 마주 보고 섰다. 그는 물러나지도 비켜서지도 않은 채 그저 어깨만 으쓱거렸다. 내가 배낭을 챙겨 문 쪽으로 가자, 그제야 앞머리를 나풀대며 쫓아왔다.

"이모가 아무리 속상해도, 돈은 내고 가야지."

나는 바로 앞에 다가온 사장의 얼굴을 바라보았다. 나보다 스무 살 남짓 많아 보이는 여자였다. 진한 분홍색 루즈를 발라 번들거리는 입술과 그늘이 드리워진 눈. 오래전 산에서 본 여자와는 사뭇 다른 생김새였다. 기억에 남은 얼굴 또한 아니었다. 봉오산 부근에 내가 모르는 사람이 있다는 사실이 새삼 묘하게 느껴졌다.

사장이 내 팔을 붙들고 말했다.

"이만이천 원인데, 이만 원만 줘."

나는 팔을 한 차례 세게 털고 문을 나섰다. 사장이 소리쳤다. "미친년아." 악쓰는 소리를 뒤에 두고 길가에 세워둔 차로 곧장 걸어갔다. 등 뒤에서 식당 문이 열렸다. 직원이 허둥지둥 쫓아오고 있었다. 차마 소리도 못 지르고 팔만 휘적거리며 달려오는 꼴이 안쓰럽기는 했다. 배낭 옆 주머니에 꽂아둔 지폐 뭉치에서 이만 원을 꺼내 던졌다. 직원은 무릎을 꿇고 돈을 주웠다. 돈을 주머니에 넣으며 속삭이는 목소리로 말했다.

"죄송합니다."

"뭐가요?"

직원은 답하지 않고 발끝만 내려다보았다. 나는 차에 올라타 시동을 걸었다. 직원은 계속 거기 서 있었다. 굽잇길을 모두 돌아갈 때까지, 룸미러 속에서 사라지지 않고 그 자리를 지켰다.

폐허에 다다랐을 때 잠시 차를 세웠다. 운전석 창을 열고 무너진 몰골을 한동안 들여다보았다. 발신자 미확인 번호로 온 문자 속 사진과 거의 같은 모습이었다. 소성당은 한쪽 벽만 남았고, 보육원은 바닥까지 싹 밀려 원래 모습이라고는 찾아볼 수 없었다. 다시 차창을 닫고 부지 주위를 한 바퀴 돌았다.

다만 철조망 옆에 비교적 말짱한 건물이 하나 남아 있었다. 예전에 호미나 낫 같은 농기구나 오래된 가구 등을 보관하던 창고였다. 그곳만은 어쩐지 기억과 거의 같은 모습이었다. 공사장 인부들이 장비나 쓰레기 들을 두는 용도로 사용하다가 그대로 두고 간 듯싶었다.

창고 옆에 주차한 뒤, 배낭을 먼저 확인했다. 없어진 물건은 없었다. 옆 주머니에 두툼하게 꽂은 지폐도 그대로였다. 이만 원 제했으니 구십팔만 원이었다.

수산나와의 결투에서 이기고 돌아오면 이 돈으로 좋은 코트를 살 작정이었다. 내가 가진 겉옷이라곤 팔꿈치에서 깃털이 삐져나오는 패딩과 먼지 냄새가 자욱한 모직 재킷뿐이었다. 수산나와의 결투에서 이기고, 산을 내려가, 다시 집이 있는 도시로 돌아간다면, 털이 부드럽고 안감이 튼튼하며 색이 고운 코트를 사서 입고 다닐 것이다. 만일 진다면…… 그렇다면 수산나가 이 모든 돈을 가져가겠지. 썩 나쁜 결말은 아니었다. 백반집 직원이 킁킁거린 배낭을 잠그고 등 뒤에 멨다. 산을 향해 걷기 시작했다.

그들이 왜 배낭을 뒤졌는지는 알 만했다. 그럼직한 세상이었다. 고지를 받은 이들이 죽겠다며 여기저기 찾아들고, 고지를 받은 이를 찾겠다면서 또 다른 인간들이 슬금슬금 기어들었다. 설사 고지를 받지 않았어도 세상 돌아가는 꼴에 덜컥 겁이 난 사람들이 인적 드문 곳에 가서 목을 매달거나, 남의 목을 매달기 위해 여기저기로 떠나곤 했다.

백반집 사람들이 무슨 심보로 배낭을 열었을지도 상상이 갔다. 기대 반 걱정 반이었을 것이다. 배낭 속에 플라스틱 약통이 가득하거나 질긴 밧줄이 둘둘 말려 있지 않은가 궁금했을 테다. 만일 내가 확실히 목숨을 끊을 듯 보였다면 경찰서든 병원이든, 혹은 새진리회든 화살촉에게든 연락을 넣었을 것이다. 그리하여 생을 하직할 작정으로 푸짐하게 식사하던 여자의 목숨을 구해낼 생각이었으리라…… 그렇지 않으면, 감히 신을 거스를 작정을 한 여자를 벌줄 생각이었거나. 이쪽이든 저쪽이든, 바득바득 하나의 선행을 베풀고, 그 선행이 자신에게 닥칠 수 있는 여러 끔찍한 운명에서 비켜나게 해줄 면죄부가 되게 해달라 기도했을 터였다. 잠깐 멈춰 서 숨을 골랐다. 몇 걸음 너머에 산으로 들어서는 길이 보였다.

등산로 입구는 한동안 사람의 발길이 닿지 않은 듯 무성한 풀숲에 뒤덮여 있었다. 나무 계단은 짙게 젖었고 밟을 때마다 삐걱거렸다. 비가 온 지 얼마 안 된 모양이었다.

고개를 돌려도 입구가 보이지 않을 만큼 걸었을 즈음, 수산나에게 전화가 왔다. 오랫동안 듣지 못한 목소리가 귀청을 울렸다.

"나 봉오산에 왔다. 너도 왔니?"

"그래. 지금 초입이야."

"잊지 않았겠지. 파란 표지판에서 우측으로 꺾으면 된다."

"나도 알아."

"영태를 잃어버린 곳 말이야."

"나도 안다고."

전화를 끊자 한차례 바람이 불어왔다. 무너진 댐에서 터져나온 강처럼 줄기가 두껍고 힘이 센 바람이었다. 머리 위 잎사귀와 가지가 몸을 부대끼며 날붙이끼리 부딪히는 소리를 냈다. 익숙한 소리였다. 십대 시절 내내 들었고, 그보다 더 오랜 시간 잊고 살던 것이었다. 소리에 실린 기억이 나를 푹 찔렀다. 몸을 둥글게 말고 어깨를 웅크렸다.

바람은 쉬이 지나가질 않았다. 외려 빗방울이 더해졌다. 서편에서 몰려온 먹구름이 하늘을 빠르게 먹어치우고 있었다. 빗방울이 두툼해질수록 시야도 부예졌다. 하는 수 없지. 숨을 삼키고 가칠가칠한 난간을 붙들어가며 다시 계단을 올랐다. 첫 번째 이정표에 다다랐을 때 이미 온몸이 흠뻑 젖어 있었다. 나는 배낭을 앞으로 돌려 메고, 구십팔만 원을 꺼내 배낭 속 제일 깊숙한 자리에 넣었다. 팔을 빼내던 중 가늘고 딱딱한 사물이 손에 잡혔다. 백반집의 치들이 미처 보지 못한 물건이었다. 만일 이것을 발견했다면 나를 그냥 보내진 않았을 터였다. 수건 밖으로 비죽 튀어나온 칼 손잡이를 잠시 매만지다가, 다시 배낭을 잠갔다.

이정표 아래 서니 가야 할 길이 뚜렷해졌다. 먼저 등산로 난간에 양손을 짚고 훌쩍 뛰어넘었다. 우측으로 몸을 틀자 완만한 내리막을 그리는 샛길이 보였다. 사냥꾼이나 고로쇠를 채취하러 온 이들이 남몰래 다져둔 길이었다. 젖은 낙엽이 딱지처럼 달라붙은 길을 따라 걸으면 바위가 나왔다. 우리를 비롯해 봉오산 부근에 살던 사람들이 '고래'라고 부르던 바위였다.

빗발은 점차 거세졌다. 수산나는 괜찮을까. 샛길 변에 잠시 멈춰 서서 뒤를 돌아보았다. 산은 이미 물안개에 휘감겨 있었다. 두어 차례 수산나를 불렀다. 그 애가 결투 전에 젖은 흙을 밟고 넘어지거나 비탈을 따라 구르는 일 따위는 없었으면 했다.

대답은 없었다. 산중이라서인지 비 때문인지 전화는 먹통에 문자도 가지 않았다. 하는 수 없지. 한 번 더 중얼거리고 계속 걸었다. 미끌미끌한 흙길을 따라 팔자걸음으로 나아가자 곧 전에 알던 정경이 나타났다.

바위는 응고된 시간 속에 있던 양, 과거와 완전히 똑같은 모습이었다. 서너 사람은 너끈히 엎드려 누울 법한 표면 한가운데에 둥그스름한 혹이 튀어나와 있었다. 고래라는 이름은 저 혹에서 기인한 것이었다. 그 위에 앉아 배낭을 내려놓고 빗물에 젖은 얼굴을 문질러 닦았다. 날이 맑았다면 바위 아래 깎아지른 비탈 너머로 산 아랫부분이 펼쳐졌겠지만, 오늘은 비와 안개로 나무와 수풀 사이가 온통 희뿌옇게 보였다. 정상 쪽도 매한가지였다.

바위에 주저앉아 비를 맞고 있자니 또다시 속이 쓰셨다. 산속에 들어설 때만 해도 돌아왔다는 실감이 들지 않았다.

비바람에 부딪힌 나무들이 우수수 잎사귀를 떨어트리고 내가 알던 소리로 우짖을 때에야 비로소 어떤 기시감이 명치를 파고들었다. 그리고 마침내 이 바위에 다다랐다. 통증이 누골 곳곳을 찌르고 있었다. 나는 다시금 깨달았다. 나는 오래도록 이곳에 돌아오지 않았다. 돌아오고 싶지도 않았다.

"왔구나."

수산나는 비바람에 흠씬 두들겨맞은 모습으로 나타났다. 끄트머리가 하얗게 닳은 등산복 바지에 민트색 바람막이 차림이었다. 등에 멘 배낭은 골프채 가방처럼 길쭉했다. 그가 검은 모자를 벗었다. 머리카락이 볼썽사납게 달라붙은 얼굴이 드러났다. 내가 그토록 질색하던 우스꽝스러운 분장은 하지 않았다. 검거나 흰 칠 없이, 그저 민얼굴로 거기 서 있었다. 지난번에 봤을 때보다 한층 야위었고, 그 탓에 제 나이보다 훨씬 늙어 보였다.

"오랜만이다."

수산나는 대답하지 않았다. 나는 발 옆에 둔 가방을 열었다. 아까 매만진 손잡이를 틀어쥐고 그대로 꺼냈다. 주방에서 가장 오래된 도구였다. 뼈나 두툼한 고기를 썰 때 쓰곤

했다. 수없이 갈아온 날 끄트머리는 아주 뾰족하여 질긴 피부도 순식간에 가를 수 있을 듯했다.

수산나도 가방을 내려놓았다. 길쭉한 가방에서 나온 일본도는 그야말로 우스꽝스러운 몰골이었다. 손잡이에 꿰매 넣은 붉은 실이 요란스러웠고, 날에 새겨진 용 무늬도 조잡했다. 일본도는 수산나가 동묘의 한 노인으로부터 사 온 것이었다. 화살촉에 들어갔으니 더욱 날카롭거나 한층 그럴싸한 모양의 물건을 받을 줄 알았는데, 그도 아닌 모양이었다.

수산나가 칼을 모두 빼냈을 때 나는 외쳤다.

"너, 영태 핑계는 대지 마라."

목소리가 메아리가 되기도 전에 머리 위편으로부터 커다란 산울림이 쏟아져내려왔다. 거대한 바위들끼리 몸을 비비는 듯한 소리였다. 산울림이 잦아들자 비바람이 더욱 몸피를 불렸다. 나는 수산나를 노려보았다. 수산나는 예나 지금이나 융통성이 없고, 날씨 복이 좋지 않았다. 그런 상대를 적으로 둔 탓에 이런 날 최후의 대결을 하게 되는구나. 한바탕 욕을 쏟아붓고 싶었으나 굵직한 빗줄기 때문에 입을 열기도 어려웠다. 반면 수산나는 빗방울이 입속으로 쏟아지는 것이야 아무렇지도 않은 듯했다. 그는 크게 입 벌려 외치고 있었다.

"내가 영태 핑계를 댄다고?"

그가 성큼성큼 걸어왔다. 칼에 맺힌 빗방울이 연달아 번쩍였다. 다가오는 내내 수산나는 계속 무어라 소리쳤다. 빗소리 때문에 잘 들리지 않았으나, 분명히 신에 관한 말이었다. 빤한 얘기였다. 본인은 영태가 아닌 신을 위해 이곳에 왔다는 것이겠지. 그는 신의 의도를 전하고, 나는 신의 자비를 배반하고…… 식칼을 쥐고 일어섰다. 매번 주방에서만 잡던 것을 비바람 몰아치는 산속에서 쥐고 있자니 어쩐지 우스웠다. 손잡이는 오랜 세월 잡아온 만큼 손가락과 손바닥 곳곳에 잘 맞아떨어졌다. 수산나는 이제 서너 발짝 앞에 서 있었다. 가까워진 만큼 목소리도 한층 잘 들렸다.

"에스더, 마지막이야. 신께 납작 엎드려. 나는 이 기회를 주러 여기에 왔다."

근거리에서 보니 수산나가 그새 얼마나 더 늙었는지 알 수 있었다. 미간에는 깊은 주름이 팼고 머리카락 곳곳이 쥐 같은 잿빛으로 물들었다. 한때 나는 수산나와 닮고 싶어 눈썹을 깎고 수시로 턱을 문질렀다. 당시의 그처럼 미끈한 턱과 얇은 눈썹을 갖고 싶었다. 그 멋지던 아치형 눈썹은 이제 반 정도밖에 남지 않았고, 턱은 젖은 머리카락에 뒤엉켜 있었다. 물에 빠진 생쥐 꼴이 우스웠다.

그러나 비바람에 휩쓸린 것은 나도 마찬가지였다. 이제는 눈조차 제대로 뜨기 어려웠다. 멀리서 또 한 번 거대한 바위들이 맞부딪히는 소리가 들려왔다. 속눈썹에 얽힌 빗방울 탓에 세상이 흐릿하게 보였다.

"수산나."

"부르지 마."

"왜 사진들을 보냈지?"

수산나가 축축한 소맷자락으로 얼굴을 문지르고 눈을 껌뻑였다. "무슨 소리냐?" 나는 몸에 찰싹 달라붙은 주머니에서 휴대폰을 꺼내려다가 포기하고 외쳤다.

"모른 척하지 마라. 네가 사진을 보냈잖아. 성당과 보육원, 완전히 폐허가 된……"

"너야말로 헛소리하지 마라."

수산나는 한 걸음 앞까지 다가와 있었다. 한 침대에서 자던 어린 시절, 우리는 딱 이 정도 간격을 두고 나란히 누웠다. 이 정도 거리에서라면 한 번 손을 뻗는 것만으로도 상대의 얼굴을 만지거나, 칼을 푹 찔러넣을 수 있었다. 수산나가 고래고래 소리쳤다.

"사진을 보낸 건 너잖아. 나를 자극하려고."

"아니, 아니야."

"모른 척하지 마라. 너는 뻔해. 또 내게 같잖게 겉만 번지르르한 소리를 하려고……"

산등성이에서 들려온 꽝 소리가 아니라고 연신 외치는 내 목소리를 앗아갔다. 어찌나 큰 소리였는지 나와 수산나 모두 고개를 돌려 정상 쪽을 바라보았다. 봉오산이 우리에게 달려들고 있었다. 한참 위쪽에서부터 흘러내린 흙과 돌, 나무뿌리와 수풀이 쏟아져내렸다. 젖은 토사가 수산나와 내 사이로 밀려들더니 곧 무릎까지 들이찼다. 토사는 순식간에 고래를 점령하고 우리 사위를 파고들었다.

우리는 휘청대며 산 윗녘으로 뛰기 시작했다. 산이 밀려오는 쪽과 반대 방향으로 달려야 했다. 산면이 무너지는 속도가 워낙 빨라 앞으로 나아가기가 쉽지 않았다. 비탈을 굴러오는 돌덩이가 옆구리와 팔을 때렸다. 허리를 움켜쥔 채 뒤돌아보았다. 수산나는 한참 뒤처져 있었다. 칼을 토사에 단단히 꽂아넣은 채, 넘어지지 않으려 버티는 중이었다.

나는 다시 몸을 돌렸다. 뒤돌아가는 일은 앞으로 가는 일만큼이나 쉽지 않았다. 오른손은 수산나에게로 뻗고, 왼손에 쥔 칼은 흙에 박아 넣었다. 수산나를 붙잡아 당기는 내내 생각했다. 그가 무사히 토사 밖으로 빠져나오면 이 칼끝으로 살짝 찔러주리라. 그의 배때기든 팔뚝이든 슬쩍 그어 다신 이런 한심한 짓거리는 하지 못하게 협박할 테다. 그 탓에 토사 속으로 파묻힌 구십팔만 원이 든 가방의 책임도 묻겠다.

하나 그럴 기회는 없었다. 산은 한층 더 묵직해진 몸으로 다시금 우리를 덮쳤다. 밀려오는 흙과 돌덩어리, 수풀에 칼과 우리 모두 뒤섞였다. 입속으로 물컹한 진흙과 젖은 낙엽이 몰려들었다. 수산나, 불렀지만 목소리는 나오지 않았다. 오늘 아침에 본 그 문자가 다시금 떠올랐다.

영태를 기억해라.

영태를 기억해.

눈을 떴을 때 세상은 연한 보랏빛이었다. 두어 차례 깜빡이자 노랑과 파랑으로 바뀌었다. 손을 뒤집으니 가슬가슬한 이불보가 잡혔다. 푸른빛은 이불의 천으로부터, 노란빛은 침대 옆 협탁에서 일렁이는 오래된 조명에서 나온 것이었다. 조명 바로 아래 작은 성모상이 있었다. 코가 깨쳐 침울한 인상이었지만, 눈과 입은 웃고 있었다.

몸을 일으키려 하자 칼날 같은 전류가 목부터 꼬리뼈까지 훑고 지나갔다. 꽥 소리를 지른 뒤 다시 엎어졌다. 침대 옆 그늘에서 누군가 후다닥 튀어나왔다. 그가 내게 도로 이불을 덮어주며 말했다.

"조심하세요. 허리를 심하게 삐셨어요."

속삭임에 가까운 목소리였다. 얼굴은 보이지 않았다. 커다란 후드집업에 마스크까지 쓴 탓이었다. 나는 그를 물끄러미 쳐다보았다. 백반집 직원이 왜 여기에 있을까?

한 번 더 몸을 움직여보려다가 꼬리뼈가 으깨질 듯하여 관뒀다. 직원은 다시 뒤편으로 물러났다. 화살촉이나 새진리회 쪽 사람처럼 보이진 않았다. 그는 그저 산골짜기에 사는…… 가난뱅이처럼 보였다. 가느다란 몸집은 아이 같기도, 노인 같기도 했다. 헐거운 청바지나 너무 커 보이는 농구화는 의류수거함에서 주워 온 양 너덜너덜했다.

허리를 꿰뚫은 고통이 가라앉는 동안 기억이 서서히 떠올랐다. 무너지던 산과 흘러내리는 흙. 그 속에 칼을 파묻고 눈을 휘둥그레 뜨고 있던 수산나. 굴러오던 바위와 나무뿌리 그리고 입안을 가득 채운 숲의 텁텁한 맛. 내가 물었다.

"다른 여자를 봤어요?"

"네. 지금 다른 방에 누워 계세요."

"고마워요." 잠깐 틈을 가진 뒤에 말했다. "그런데 누구세요?"

직원이 힘 빠진 소리로 웃었다. 웃음조차 속삭임 같았다. 그는 곧 흩날리는 듯한, 도무지 성별을 짐작할 수 없는 목소리로 말했다. 새벽 중 산울림에 잠을 깼다고.

그것은 올여름과 가을, 이 부근에서 유달리 자주 나던 소리였다. 나무가 갈라지며 바위들이 뒤섞이는 소리. 주위가 잠잠해진 후 그는 손전등을 켜고 밖으로 나왔다. 무너진 둔덕 주위를 맴돌던 중 나무둥치에 걸려 있던 우리를 발견했다. 천만다행으로 나무가 버텨준 덕에 흙에 파묻히지 않았다고 했다. 직원은 내가 한 손으로 수산나를 꽉 붙들고 있었다는 말도 덧붙였다.

"혹시 내 배낭은 못 봤나요?"

"못 봤어요. 제가 찾은 건 이것뿐이에요."

직원이 협탁을 가리켰다. 그제야 성모상 뒤쪽에 놓인 칼을 알아볼 수 있었다. 칼날부터 손잡이까지, 축축한 흙에 뒤엉켜 벌겋게 변해 있었다. 직원이 식칼과 나를 번갈아 보다가 물었다.

"두 분은 왜 거기에 계셨어요?"

나는 다시 전류가 흐르지 않도록 아주 느리게 고개를 돌렸다. 좁은 방이었다. 침대와 협탁, 직원이 앉은 의자만으로 꽉 찼다. 어슴푸레한 조명이 절반만 도배된 벽과 천장을 비췄다. 살짝 열린 문 너머에는 빈틈없는 어둠이 고여 있었다. 나는 새카만 바깥을 한동안 쏘아보았다. 당장이라도 수산나가 그 웃기는 칼을 들고 나타날 듯했다. 내가 말했다.

"저 여자를 혼자 두면 안 돼요."

"어째서요?"

"위험한 사람이거든요."

"왜요?"

나는 입을 다물었다. 문 너머는 여전히 고요했다. 침묵이 이어지면서 입안에 흙의 쓴맛이 감돌았다. 마른기침을 하자 등골이 또 비명을 질렀다. 직원이 허리를 굽히고 의자 아래를 더듬거렸다. 이윽고 그가 먼지 낀 플라스틱 물병을 꺼내더니, 뚜껑을 열어 내게 건넸다.

물은 미지근했으며 약간 비린 맛이 났다. 그래도 물은 물이었다. 한 모금 마시자 목을 께름칙하게 메우던 산의 맛이 밀려 내려갔다. 엉거주춤하게 앉은 자세로 물병을 반쯤 비웠다. 그동안 직원은 내내 옆에 서 있었다. 마스크와 후드 탓에 얼굴은 보이지 않았지만, 그가 여전히 내게 무언가 묻고 있다는 사실은 알 수 있었다.

"알겠어요, 말해줄게요."

나는 협탁 위에 물병을 내려놓았다. 몇 차례 심호흡하고 다시 한번 문밖의 어둠을 응시했다. 역시 무엇도 나타나지 않았으므로, 어쩔 도리 없이 입을 열었다.

소성당 이야기 먼저 해야 했다. 그곳이 무너지기 이전에 어떠했는지부터.

소성당에는 놋쇠로 만든 종과 둥그런 얼굴의 성모상, 그들을 쓸고 닦는 수녀님들과 우리를 돌보러 오는 봉사자님들이 머물렀다. 보육원은 성당과 연결된 양옥건물로, 나와 수산나 그리고 영태를 비롯한 여러 아이가 지내고 있었다. 교구의 후원금과 소수의 기부금만으로 운영하는 시설 치고 보육원은 꽤 오랜 시간을 버텼다. 성인이 되어 보육원을 떠난 아이도 여럿 있었고, 도중에 회개했는지 혹은 사정이 핀 건지 돌아온 가족이 도로 데려간 아이도 있었다.

나와 수산나, 영태는 그중 어느 쪽에도 속하지 않았다. 남들이 오든 가든 우리는 수녀님들 곁에 머물렀다. 당번을 정해 밥을 주던 토끼들이 여덟 마리 정도 죽거나 달아났으며, 그중 살아남은 새끼들이 자라나 또 새로운 새끼를 낳았다. 그사이 우리의 몸은 점차 부풀어올랐고, 길쭉해지거나 단단해졌다. 자라나는 내내 우리는 보육원과 이웃한 마을이나 읍내, 그리고 뒷산 부근을 함께 맴돌았다. 수산나와 나는 늘 가운데에 영태를 끼고 다녔다.

영태에게는 특별한 구석이 많았다. 이름부터 그랬다. 수산나와 에스더는 성당이 지어준 이름이었으나, 영태의 이름은 성당 바깥에서 온 것이었다. 영태의 어머니는 자신의 사진과 함께 영태의 이름 세 글자를 반듯하게 보관해두었다. 전 재산을 박박 긁어모은 듯한 기부금 또한 맡겼다. 그것은 아이를 제대로 생각하는 가족이 할 법한 일이었다. 그러므로 영태는 우리 중 유일하게 진짜 이름을 가진 아이였으며, 가장 덜 버림받은 아이였다. 그에게는 성경에 나온 명예롭고 서글픈 이들의 이름이 필요 없었다.

수녀님들은 이러한 이유들 탓에 우리가 영태를 질투하고 괴롭힐까 걱정했으나, 실상은 그 반대였다. 우리는 영태가 편애받은 아이라는 사실 때문에 영태를 더욱 아꼈다. 그 애를 곁에 두는 것만으로도 그가 가진 어떤 특수함이나 애정의 기운이 옮는 듯 느껴졌다.

심지어 영태는 아주 귀여운 애였다. 뺨은 호두를 문 설치류처럼 볼록했고, 처진 눈은 성을 낼 때조차 순해 보였다. 열셋쯤 되었을 때 영태는 갑자기 훌쩍 자랐다. 그는 성장통으로 잘록거리며 우리를 따라다녔다. 아직 젖살이 두둑하던 얼굴에 어울리지 않게 기름하던 팔다리. 나와 수산나뿐 아니라 수녀님들도, 우리 외에 자주 바뀌던 보육원의 다른 애들도, 식당의 이모님들이나 수위 아저씨도 영태를 좋아했다. 나와 수산나는 그 사실을 자랑스럽게 여겼다. 누군가 영태의 뺨을 쥐고 귀엽다는 말을 늘어놓을 때마다 조각을 칭찬받은 석공처럼 수줍어했다.

“그래서 그 애를 잃어버렸을 때 나랑 수산나는 완전히 무너졌어요.”

“잃어버렸다고요?”

나는 다시 물을 한 모금 마셨다. 수산나에 대해 말하기란 쉽지 않았다. 그것은 결국 내 이야기였고, 영태에 관한 말들이었으며, 우리 과거를 돌이키는 일이기도 했다.

당시 우리는 봉오산을 뒷산이라고 불렀다. 나와 수산나 역시 갓 2차 성징을 맞아 한창 자라나고 있었다. 지금 나와 수산나는 자라나는 대신 늙어가는 중이었지만, 여전히 그 시절에 대해서는 제대로 말할 수 없었다. 더욱 정확히 말하면 '그 순간'을 말하는 데 익숙해지지 않았다. 그 순간을 무어라 말해야 할까? 그래, 우리는 잃어버렸다. 영태를 잃어버렸다. 그 표현은 언제나 지독한 뒷맛을 남겼지만, 이외에는 우리가 겪은 일을 무어라 묘사할 수 있을지 알 수 없었다.

그날 고래바위에서 만난 이의 얼굴을 나는 수천 번 그려보았다. 수산나도 그랬을 것이다. 우리는 여자의 얼굴을 잊지 않도록 몇 번이고 되새겼다. 여자는 사십대 중후반으로 보였고, 파란색과 노란색이 섞인 바람막이에 낡은 등산화를 신고 있었다. 그는 인상이 좋았다. 웃는 얼굴이 예뻤다. 원장수녀님은 종종 사람의 성품은 얼굴에 드러나는 법이라고 말하곤 했다. 우리는 그 말을 굳게 믿었다.

안녕.

그 여자의 인사 역시 기억한다.

우리는 바위에 엎드린 채 침을 뱉고 있었다. 누가 가장 멀리 침을 뱉을 수 있을지 내기하는 중이었다. 언제나 내가 1등, 수산나가 2등, 영태가 3등이었다. 영태가 입술을 푸르르 풀자 나와 수산나 모두 웃었다. 그때 등 뒤에서 누군가 말을 걸었다.

안녕. 여기 멋지다.

수산나가 먼저 빠르게 일어났다. 내가 뒤늦게 허둥지둥 일어섰고, 누구를 봐도 그리 긴장하지 않던 영태는 한참 후에야 몸을 일으켰다. 여자는 우리를 번갈아 본 뒤 물었다.

남매니?

우리는 고개를 저었다. 여자가 연달아 질문한다면 대답을 얼버무리고서 산 아래로 달아날 생각이었다. 그러나 여자는 더 질문하지 않았다. 대신 배낭을 앞으로 메더니 출장 요리사처럼 착착, 도시락 통이며 보온병을 꺼냈다. 베이지색 뚜껑을 열자 김밥과 유부초밥 그리고 잘 익힌 소시지와 미트볼 등이 나왔다.

여자가 물었다. 같이 먹을래?

수산나와 내가 동시에 고개를 저었다. 보육원에서 자라는 내내 우리는 성가와 칠성사 그리고 낯선 사람을 조심하는 방법을 반복하여 배웠다. 모르는 이가 준 음식은 그중에서도 가장 주의해야 하는 것이었다. 그러나 돗자리를 펴고 앉아 식사를 준비하는 여자의 인상이 너무 온화해 보였고, 3층짜리 도시락에서 풍기는 냄새는 기막히게 절묘했다. 우리는 어디로도 가지 못한 채 바위 끄트머리에서 서성였다.

먼저 돗자리에 앉은 이는 역시 영태였다. 언제나 그랬듯이. 그는 누굴 의심할 줄도 몰랐고, 세상이 저에게 호의적이란 사실을 잘 알고 있었다. 그는 유부초밥이며 소시지, 보온병 뚜껑에 따른 주스 등을 빠르게 먹어치웠다. 나와 수산나는 조심스레 영태 옆에 앉았다. 여자 역시 음식을 먹고 있었다. 안심해도 되겠지, 우리는 그런 눈길을 주고받은 후 김밥에 손을 뻗었다. 모든 게 맛있었다. 이모님이 만들어주던 음식과는 사뭇 다른 맛이었다. 기름이 가득했고 짠맛과 단맛이 넘쳐 흘렀다.

감자튀김도 먹어. 여자가 또 다른 상자를 열며 말했다. 내가 직접 튀겼어.

감자튀김은 보육원은커녕 읍내에서도 먹을 수 없는 음

식이었다. 읍 터미널에서 시로 가는 버스를 타야 나오는 패스트푸드점에서나 겨우 맛볼 수 있었다. 우리는 손끝에 기름과 케첩을 잔뜩 묻히며 튀김을 먹어치웠다. 짭짤하고 부드러웠다. 맛을 제대로 음미하고자 눈을 감았다.

눈을 다시 떴을 때, 세상은 몹시 어두웠다. 온몸에 한기가 돌았고 팔다리는 뻣뻣해져 있었다. 등도 끊어질 듯 아팠다. 나와 수산나는 바위에 손을 짚고 일어나 서로를 보았다. 등산로 난간과 표지판 밑 투광기에서 나온 불빛이 수산나의 얼굴을 반쯤 비추었다.

영태는?

우리는 서로에게 물었다. 손바닥에 밴 바위의 오돌토돌하고도 냉정한 감촉. 어둠에 파묻힌 숲속에서 몇 마리 새가 우짖었다. 아까 먹은 튀김이 얹혔는지 목 안쪽이 울렁였다. 이번에도 수산나가 먼저 일어섰다. 바위 너머로 몸을 굽히더니 토하기 시작했다.

“그 여자는 누구였는데요?”

“몰라요.”

나는 가슴께를 두드렸다. 여전히 그날을 이야기하면 속

이 출렁이고 팔뚝에 서리 같은 소름이 돋았다.

"분명한 건 그 여자가 영태의 가족은 아니었다는 거예요. 우리 모두 그 애 어머니 사진을 봤어요. 그 애 아버지는 오래전에 죽었고, 경찰이 찾아간 친인척은 영태의 존재조차 몰랐어요. 여자를 아는 사람도 없었고요. 지금도 몰라요. 그 여자가 누구이고, 왜 영태를 데려갔는지. 협박 전화 같은 것도 없었어요. 그냥 사라져버렸죠."

직원은 여전히 그늘 속에 서 있었다. 방이 좁아 쌕쌕거리는 그의 숨소리가 크게 들렸다. 나와 수산나가 영태를 잃어버렸다고 수녀님들에게 고한 방도 이 정도 크기였다. 수녀님들이 책을 읽고 업무를 보던 방이었을 것이다. 안에 놓인 가구는 책상과 의자가 전부였다. 그날 우리는 책상의 왼편에, 수녀님들은 오른편에 앉았다. 고해성사실도 아니었는데 고해성사하듯 몸을 떨며 이야기했다. 바위에서의 기억을 하나씩 말할수록 수녀님들의 뺨은 점차 홀쭉해졌다.

우리가 정신을 잃었다는 대목에서 원장수녀님이 벌떡 일어났다. 그는 우리를 화장실로 데리고 가 옷을 벗기고 사타구니부터 목덜미까지 구석구석 확인했다. 창밖에서 다른 수녀님이 차에 시동을 거는 소리가 들려왔다. 화장실 거

울에 반사된 헤드라이트 불빛이 수산나의 얼굴을 비췄다. 나는 내가 그 얼굴을 영영 잊지 못할 것을 알았다.

경찰서로 가는 내내 나와 수산나는 서로의 팔을 꽉 붙들고 있었다. 결과적으로 우리의 몸에서는 어떤 폭행의 기미도 검출되지 않았다. 정액 등의 타액이나, 유독한 성분도 나오지 않았다. 다만 위장에서 다량의 수면제가 발견됐다. 감자튀김의 짜고 달큼한 맛. 우리는 잠든 영태를 떠올렸다. 그 애는 어디서든 푹 잤다. 더 어릴 적에는 누가 업어가도 모를 만큼 곤히 잠들어서 동그란 이마나 뺨에 낙서하기도 했다. 나와 수산나가 울기 시작했다. 수녀님들은 아무 말도 없었다. 달래지도 혼내지도 않았다. 침묵이 어떤 말보다 차고 무거웠다.

이튿날부터 우리는 인터넷의 영상들을 찾아보기 시작했다.

"수녀님 한 분이 컴퓨터를 갖고 있었어요. 그분이 외출할 때마다 몰래 컴퓨터를 켰죠. 그때 인터넷에는 나쁜 영상이 아주 많이 올라왔어요. 아주 나쁜 영상들이었죠. 약간만 검색해도 손쉽게 찾아볼 수 있었어요. 우린 닥치는 대로 찾아봤어요. 혹시 영태가 그런 데 등장할까봐요."

그 이미지들을 떠올리면 매번 머릿속 어딘가 무너져내

렸다. 젖은 토사가 밀려오고, 바위가 구르며 나무가 뽑혔다. 한번 무너진 후에는 매번 졸음이 왔다. 깊고 눅진한 졸음이었다.

우리는 끝내 어떤 영상에서도 영태를 발견하지 못했다. 다행이었다. 다행이었으나, 그것이 과연 다행일까. 수산나와 나는 오래도록 그런 질문을 거듭했다. 누군가 올린 저화질 영상 속 수많은 몸과 얼굴. 그걸 본 날마다 수산나는 성당 십자가 앞에 앉았다. 나는 성당 입구 옆 납작한 얼굴의 성모상과 마주한 채 감자튀김의 맛을 떠올렸다. 짭짤하고 기름지며 부드러운 질감. 그것은 정말 먹음직스러웠다. 여자가 짜준 케첩을 찍어 먹을 때 내 마음은 기쁨으로 부풀었다.

나는 다시 눈을 떴다. 수산나와 함께 본 영상들을 떠올릴 때마다 졸음이 오듯, 감자튀김의 맛을 돌이키면 찬물을 맞은 듯 정신이 번쩍 들었다. 낙하하는 꿈을 꾼 것처럼 온몸이 튀어오르곤 했다. 나는 다시 직원 쪽으로 몸을 돌렸다.

"수산나 말이에요. 칼을 갖고 있었나요?"

"아니요. 그분은 빈 몸이었어요."

"내가 보러 가도 될까요?"

"나중에요."

"무사한지 확인만 할게요. 부탁합니다. 나한테 남은 가족이 그 애뿐이어서 그래요."

직원은 다시 입을 다물었다. 나는 침대 가장자리를 꽉 누른 채 몸을 일으켰다. 한 번 더 벼락이 몸을 꿰뚫었다. 절로 신음이 새어나왔다. 직원이 한숨을 내쉬더니 본인이 앉아 있던 의자를 가져왔다. 의자 바퀴가 덜덜거리며 침대 머리맡까지 굴러왔다.

"이거 잡으세요."

나는 의자 등받이를 잡고 가능한 한 천천히 일어섰다. 산이 내 어깨와 목, 등을 제대로 후려친 모양이었다. 바닥을 딛고 일어선 후에도 고통이 잠잠해질 때까지 한참을 기다려야 했다. 직원은 나를 흘끗 보더니 협탁에 놓인 칼을 집어 바지 뒷주머니에 꽂아넣었다. 내가 제정신이 아닌 게 분명하다고 판단한 듯싶었다. 돌려달라 말할까 하다가 관두었다. 대신 의자를 붙든 채 느릿느릿 문밖으로 나갔다.

복도는 한 사람만 지나갈 수 있는 너비였다. 거칠게 덧칠한 벽이며 바닥은 집보다는 폐허나 공사장에 더 가까워 보였다. 복도 끝에 좁다란 나무문이 하나 보였다. 직원이 휴대폰 플래시를 켜 문을 비췄다. 조심스레 노크하는데도 소리가 복도를 쾅쾅 울렸다. 답하는 소리는 없었다. 직원이 문을 열었다.

수산나가 방 한가운데 서 있었다. 내가 누웠던 방만큼이나 좁고 어두운 방이었다. 가구는 더 많았다. 문 옆 작은 의자에 불 꺼진 조명이 놓여 있었고, 반대편에는 활짝 열린 옷장이 보였다. 옷장을 본 직원이 외마디 소리를 냈다.

"엇."

수산나는 양손에 든 물건을 내려다보고 있었다. 침대 위 창문에서 새어든 가로등 불빛이 이불보가 떨어진 침대를 푸르스름하게 비췄다. 수산나가 새파란 침대를 등지고 섰다. 처음에는 직원을, 그다음에는 나를 바라보았다.

"에스더야."

그것은 내가 오늘 들은 중, 어쩌면 지난 몇 해간 들은 중 가장 차분한 수산나의 목소리였다. 수산나가 아직 보육원의 큰언니이며 예쁘고 영민한 십대 소녀이던 시절 내던 목소리 같았다. 수산나가 양손에 든 것을 내 쪽으로 디밀며 말했다.

"기억나니?"

수산나는 손을 그대로 들어올린 채 다가왔다. 직원이 몇 발짝 뒤로 물러섰다. 문에 부딪힌 순간 그가 든 휴대폰이 떨어지며 요란한 소리를 냈다. 나는 뒤집힌 채 바닥에 놓인 직원의 휴대폰을 바라보았다. 화면에 뜬 문자함 속 사진 모두가 익숙했다. 지난주 토요일부터 이번 주 화요일까지 내게 수신된 사진들이었다.

나는 휴대폰 화면을 가득 채운 폐허의 사진들, 그리고 수산나의 손에 들린 점퍼를 번갈아 보았다. 질긴 데님으로 만들었고, 등판에는 야광 스티커가 붙어 있었다. 수녀님들이 우리를 인솔할 때 알아보기 쉽도록 세트로 맞춘 옷이었다. 영태의 옷은 나와 수산나의 것보다 큰데다 앞주머니가 달려 구별하기 쉬웠다.

내가 직원의 휴대폰을 주웠다. 허리를 굽히자 역시 해일 같은 통증이 밀려왔지만, 묘하게 내 몸 바깥의 것처럼 느껴졌다. 꺼진 플래시를 다시 켜서 옆을 비췄다. 직원이 양손으로 얼굴을 가렸다. "오늘 우리끼리 결딴을 내러 왔었지." 수산나가 말했다.

"그럴 필요 없어. 심판받을 사람은 따로 있다."

수산나는 언제부터인가 밤마다 바깥으로 나갔다. 우리

가 같은 방을 썼던 때부터임은 확실하다. 보육원의 아이들은 점점 줄어 마침내 우리 둘이서만 한방을 쓸 수 있었다. 내가 이층침대의 아래층과 오른쪽 책상을 썼다.

매 새벽 사다리가 삐걱거리는 소리에 잠에서 깼다. 눈을 뜨면 머리를 단정히 묶은 수산나가 침대 사다리를 타고 땅으로 내려오고 있었다. 그는 옷장을 열고 수녀님들이 사준 두툼한 점퍼를 걸쳤다. 한 손에는 과도를 들고 문을 나섰다. 대개 새벽 한 시 즈음었다.

새벽 세 시가 지나면 수산나는 돌아왔다. 흙 묻은 옷을 벗은 후에는 무릎을 꿇고 앉아 기도문을 읊었다. 자비를 베풀어달라거나, 기도를 들어달라는 요청을 수차례 반복한 뒤 다시 침대로 올라갔다. 이튿날 몰래 열어본 왼쪽 책상의 서랍에는 봉오산의 흙과 풀을 잔뜩 묻힌 칼날이 들어 있었다. 단숨에 알 수 있었다. 그가 그간 누구를 찌르고 싶어 했는지.

수산나가 화살촉에 들어간 때에도 나는 그와 같은 방을 쓰고 있었다. 다만 보육원의 큰방이 아닌, 서울의 셋방이었다. 수산나는 늘 침대 바깥쪽에서 잤다. 여전히 매 새벽 바깥으로 나갔으며, 언젠가부터는 외출 전마다 원형 식탁에 앉아 문방구에서 사 온 페이스 페인트 물감을 얼굴에 발랐다. 그때는 이미 지하상가의 괴짜 노인으로부터 얻은 칼을 밤낮으로 차고 다녔다.

당시에는 나도 칼을 쓰고 있었다. 식당 일은 공부보다 더 적성에 맞았다. 내게 칼질은 목적이 명백한 동작으로, 생계를 유지하고 이어가게 만드는 행위였다. 새벽마다 무와 당근, 부추 들을 썰고 살코기를 뼈에서 발라냈다. 더 작은 칼로 식당 사람들과 먹을 사과나 배를 깎았다. 찌개를 끓이거나 양념에 버무린 고기를 볶을 때 나는 냄새가 좋았다. 수산나더러 일본도는 팔고 네 손에 잘 맞는 식칼을 사 함께 먹을 것이나 만들자고 말하고 싶었다. 물론 먹는 것보다는 뱉어내는 게 더 많은 세상이긴 했다.

"뱉어내."

수산나는 걸어오는 내내 심하게 휘청였다. 팔다리가 떨렸다. 산사태에 휩쓸릴 때 얻은 부상 탓이겠지만, 흥분도 큰 것 같았다. 화살촉에 들어간 후 수산나는 몇 번이나 자신에게 더는 누군가를 심판할 마음이 없다며, 그저 신의 의도를 대신 따를 뿐이라고 떠들어댔다. 그 말이 거짓임은 누구나 알 수 있었다. 수산나는 영태를 사랑했다. 모두가 그랬지만 수산나는 유난히 그 애를 사랑했다. 그 애가 세상의 아름다움이나 선함에 대한 증표라도 되는 듯 영태를 아꼈다. 수산나는 누구보다 그 여자를 향해 활시위를 당기고 싶어 했다.

"네 죄를 뱉어내고 참회해."

직원은 우뚝 서서 수산나를 보고 있었다. 그가 너무 곧게 서 있어, 비척비척 걷는 수산나야말로 죄지은 사람처럼 보였다. 수산나가 주먹을 휘둘렀다. 직원이 피하지도 않았는데 주먹은 허공만 스쳤다. 중심을 잃은 수산나가 주저앉자 직원이 손을 내밀었다. 무릎 꿇은 수산나가 그의 팔뚝을 깨물었다. 직원은 여전히 움직이지 않았다. 다만 좀 더 또렷한 목소리로 말했다.

"누나."

수산나가 윗니와 아랫니를 벌리고 그를 올려다봤다. 두 사람에게 다가가던 나 역시 그대로 멈춰 섰다. 직원이 잇자국이 선명한 팔을 옆으로 뻗어 의자 위 조명을 켰다. 노란 빛 속에서 후드를 내리고 마스크를 벗었다. 수염 자국이 거의 없이 보송보송한 턱과 젖살이 채 빠지지 않은 뺨이 드러났다. 그것은 수산나가 나더러 오래 기억하라고 한 이의 얼굴, 그리고 실제로 우리 둘 다 지긋지긋할 정도로 끈질기게 이고 다니던 얼굴이었다.

"잠시 숨 좀 돌릴게." 영태가 말했다. "숲에서 두 사람 데리고 오느라 힘을 많이 썼어."

수산나가 숨을 삼켰다. 창문으로 들어오는 빛을 등진 탓에 그의 옆얼굴은 그림자극 속 인물처럼 보였다. 반대로 창과 마주 선 영태의 얼굴은 하얗게 빛났다. 바위만큼이나 변하지 않은 얼굴이었다. 십대의 것이 분명한 얼굴이 우리를 향해 돌아섰다. 내 것 같지 않은 목소리가 내 입에서 나왔다.

"너 지금 몇 살이니?"

"나 열일곱 살이야."

"이십 년이 지났는데?"

"그래, 이십 년이 지났다고 그러더라."

영태가 침대 앞에 앉았다. 수산나는 무릎 꿇은 자세 그대로 허겁지겁 물러났다. 그제야 수산나의 얼굴이 제대로 보였다. 나는 깊이 주름진 그의 이마와 영태의 반듯한 이마를 번갈아 보았다. 아직도 열일곱인 영태와 마흔에 다다른 수산나. 수염도 채 나지 않은 영태와 일본도로 사람들의 살을 저미고 짓눌렸던 수산나.

수산나가 물었다.

"너 어디에 있었니?"

영태가 웃었다. 우리가 알던 미소는 아니었다. 그것은 확실히 한층 더 늙은 사람, 그러니까 세상의 때를 탄 이가 지을 법한 웃음이었다. 그가 나와 수산나의 이름을 차례대로 부르더니 말했다.

"나 지옥에 있었어."

수산나가 비명을 질렀다. 너무 가파른 비명이어서, 나도 모르게 수산나의 손을 잡았다. 나무뿌리 같은 손이 덜덜 떨리고 있었다. 영태가 다시 한번 말했다.

"그리고 되살아났어."

수산나가 한 번 더 무어라 소리쳤다. 아니라고, 혹은 안 된다는 말 같았다. 메마른 손이 내게서 빠져나갔다. 그 손이 영태의 뺨을 붙들었다.

"왜?" 수산나가 물었다. "죄를 지었니?"

내가 수산나의 어깨를 잡았다. 뼈만 남은 몸이었다. 그럼에도 어찌나 억센지, 도무지 뒤로 당겨지지 않았다. 수산나는 계속하여 묻고 있었다. "죄 지었니? 무슨 죄를 지었어?

어떤 잘못을 했어? 말해봐. 뭐 때문에 지옥에 간 거야?" 나는 그를 붙든 채로 한 손을 들었다. 칼이 없으니 손바닥으로라도 수산나를 내리쳐야 했다. 그러나 영태가 나를 가로막았다. 기억보다는 커졌지만, 내가 바라던 것보다는 여전히 작고 마른 손이 눈앞에 있었다.

"내가 말해줄게."

영태가 속삭였다.

봉오산에 온 여자는 영태의 어머니 중 하나였다. 어머니 중 하나,라는 말을 영태는 아주 천천히 발음했다. 그는 친어머니의 연인이었고, 아무도 모르는 미망인이었다. 그는 수녀님들을 비롯한 보육원의 누구 하나 그 사실을 이해하지 못할 것임을 알았다. 그렇기에 직접 영태를 데리러 왔다.

확실히 제정신은 아닌 여자였다. 우리에게 약을 먹이고 영태를 데려간 것만 봐도 그랬다. 동시에 아주 상냥한 여자였다. 그는 영태를 몇백 년간 보관한 유리그릇처럼 다뤘다. 그는 영태에게 자신과 친어머니가 함께 찍은 사진을 줄줄이 보여주었다. 거기 있는 친어머니는 영태가 그간 본 사진에서보다 훨씬 더 앳되고 조그마했다. 여자는 사진을 보며 계속하여 울었다. 나이 든 여자가 콧물을 흘리는 모습을 본 영태는 마음이 약해졌다.

"그래도 돌아가려고 했어. 누나들이랑 수녀님들한테……"

계시가 없었다면 어떻게든 달아났을 것이라고, 혹은 새어머니를 어떻게든 설득하여 그 집을 빠져나왔을 것이라고 영태는 말했다. 새어머니는 제정신이 아니었어도 영태의 말이라면 온몸으로 들었으니까. 영태가 그의 집에 머문 지 사흘째 되었을 때, 새어머니는 자신의 집문서와 그간 모아둔 통장이 든 상자를 건넸다. 영태는 상자를 붙든 채 입을 우물거렸다. 우선 자신이 살던 곳으로 돌아가 이 모든 일을 정리하게 해달라 말할 계획이었다.

"그날 고지를 받았어."

수산나가 크게 숨을 삼켰다. 영태가 침대에 몸을 기댔다. 몹시 지친 듯 보였다. 그는 느릿느릿 그날의 일을 이야기했다. 그가 받은 고지는 우리가 그간 각종 스크린으로 보던 것과 완전히 똑같았다. 거대한 얼굴이 영태의 이름 석 자를 부른 뒤 일 년 반 뒤의 날짜를 말했다.

영태는 물론 나와 수산나도 십대였던 시절이었다. 스마트폰은커녕 인터넷에도 쓸 만한 정보가 거의 없었다. 새진리회는 이제 막 생긴 조그마한 단체였고, 화살촉을 처음 만든 이들은 아직 어린아이였을 때였다.

새어머니는 영태를 조수석에 태우고 전국 방방곡곡을 돌아다녔다. 그날 영태의 바로 옆에서 고지를 목격한 그는 자신이 어떻게든 이 문제를 해결하리라 선언했다. 그러나 교회에서도, 성당에서도, 절에서도, 그들이 본 것이 무엇인지 제대로 답해주지 못했다.

종래에는 새어머니가 영태가 자란 소성당에 가보자고 먼저 제안했다. 영태는 거절했다. 혹 그 고지가 진짜라면, 성당과 보육원의 누구에게도 그 사실을 알리고 싶지 않았다. 그즈음 영태는 자신이 먹고 누는 모든 것에 수치를 품고 있었다. 그의 수치심은 꽉 막힌 도로처럼 짙은 붉은색을 띠었다. 고기를 먹을 때마다 그는 봉오산 부근에 있던 우사의 소떼를 떠올렸고, 소의 울음소리와 털가죽 그리고 그것들이 죽어갈 때 내는 비명을 기억해냈다. 화장실 물을 내릴 때마다 그간 자신이 본인의 배설물을 아무도 모르는 사이 수만 번 세상에 내던져왔음을 깨달았다. 자신이 태어난 이후로 내내 누군가를 잡아먹고 똥오줌을 버렸다는 사실을 되새길 때마다 영태는 울음을 터뜨렸다. 새어머니는 매번 영태의 등을 조심스럽게 쓸어주었다.

그러나 시연의 날이 다가왔을 때 울음을 터뜨린 쪽은 새어머니였다. 영태가 그의 등을 쓸어주었다. 새어머니는 언제나 그랬듯 제정신이 아니었고, 그렇기에 마지막 순간까지 영태 곁에 있는 것을 택했다. 사자들이 온 후에도 피하지 않았다. 외려 그들을 기다려온 사람처럼 몸을 던졌다.

사자들은 새어머니의 목숨이 끊긴 후에야 영태에게 왔다. 그때 영태는 지금처럼 침대에 기대 앉아 있었다. 사자들이 그를 붙잡아 이리저리 휘둘렀다. 침대의 네 모서리와 기둥 그리고 창문과 벽에 얼굴을 찧으면서, 영태는 몇 사람의 얼굴을 떠올렸다. 사진 속 앳된 얼굴로 웃던 두 어머니와 자신을 업고 다니던 성당의 수위 아저씨, 그의 옆에 누워 등을 토닥이던 수녀님들, 그리고 자신에 비하면 늘 주목받지 못하던 가여운 두 누이의 얼굴을 거듭 생각했다. 그는 피에 흠뻑 젖은 입으로 중얼거렸다. 수산나와 에스더, 에스더와 수산나. 또한 그들과 벤치에 나란히 앉아 주일 아침마다 듣던 기도를 떠올렸다. 그것은 자신의 몸과 마음을 온전히 바치겠다는 기도였다. 신부님은 두 손을 높이 쳐든 채 말했다. 어여삐 여기시어 받아주소서. 당시 영태는 의미도 전혀 모른 채 그 문장을 따라해보았다. 사자들의 손바닥이 토해내는 불길을 바라보며 영태는 다시금 그 기도문을 되새겼다.

이윽고 지옥이 시작되었다.

그날 영태에게 들은 이야기를 어떻게 전할 수 있을까? 실은 영태 역시 무엇 하나 제대로 전달하지 못했다. 나와 수산나가 지난 이십 년을 도무지 전할 수 없는 것과 마찬가지였다. 한 가지 확실하게 말할 수 있는 건 우리 중 누구도 영태가 겪은 지옥을 상상한 적 없다는 사실이었다. 지옥은 우리의 예상과도 기대와도 달랐다.

어느 순간부터 나는 수산나를 보고 있었다. 그의 옆얼굴이 서서히 무너지는 과정을 내내 지켜보았다. 이마에서 턱으로 이어지는 비탈을 타고 바위와 흙, 나무가 쏟아지고 뒤집혔다. 그 산사태는 영원토록 끝나지 않을 듯 보였다.

"왜 되살아났는지는 나도 몰라."

영태가 말했다.

"애초에 왜 지옥이 나를 불렀는지도 모르겠어. 내 죄가 그토록 큰 것이었을까? 어쩌면 아무 의미 없는지도 몰라. 그냥 신의 실수일지도 모르지."

침대 위 작은 창으로 노르스름한 빛이 스며들었다. 해가 뜨는 중이었다. 나는 몸을 일으켰다. 창 너머의 풍경을 보자 얕은 탄식이 터져나왔다. 무너진 성당과 잔해만 남은 양옥집 그리고 오래전 부서진 토끼 우리가 그곳에 있었다. 그 너머로 내가 세워둔 차가 보였다. 그제야 어제 본 창고가 떠올랐다. 등 뒤에서 영태가 말했다.

"여기서 이 년 정도 살았어."

내가 비켜서자 영태가 창문 앞에 섰다. 눈을 찌푸린 채 손바닥만 한 창 너머에서 떠오르는 해를 바라보았다. 나는 시간 여행자처럼 보이는 어린 얼굴을 향해 물었다.

"왜 우리를 불렀니?"

영태가 눈을 크게 뜬 채 나를 바라보았다. 황당한 질문을 받은 듯한, 그리하여 상처받은 것 같은 눈길이었다. "보고 싶어서지, 누나." 영태는 말했다.

"기다리고 기다리다가, 보고 싶어져서 불렀어."

나는 입을 벌렸다. 또다시 어딘가 무너지고 있었다. 견딜 수 없었다. 그러나 울음이 터진 곳은 내 입이 아니었다. 나는 뒤돌아섰다. 수산나가 울고 있었다. 어린애처럼 바닥을 치며 꺽꺽댔다. 영태가 다가가자 그가 다시 한번 양손을 뻗었다. 잠시간 나는 그가 영태를 끌어안으려 한다고 생각했다. 발톱 같은 손이 영태의 목을 움켜쥔 순간에야 그것이 포옹이 아님을 알았다.

"너는 몰라."

수산나가 속삭였다. 나는 절룩대며 그들에게 다가갔다. 영태가 캑캑거렸다. 다시 수산나의 손을 붙들었으나 미동조차 없었다. 그가 좀 더 큰 소리로 말했다.

"네가 없을 때, 나를 보살펴준 것은 오직 신뿐이었어……."

넝쿨 같은 손가락들이 영태의 목을 파고들었다. 팔뚝이나 어깨를 잡아당겨도, 머리를 내리쳐도 수산나는 꿈쩍도 하지 않았다. 영태의 목에서 끓는 소리가 났다. 얼굴은 붉게 달아올랐다가 차츰 희게 질렸다. 영태가 몸을 이리저리 뒤틀었다. 그의 바지 뒷주머니에서 튀어나온 칼 손잡이가 보였다. 나는 그것을 붙잡아 꺼냈다. 새까만 칼끝을 그대로 수산나의 어깨에 찔러넣었다.

수산나가 외마디 비명과 함께 뒤로 물러섰다. 칼은 그의 어깨를 아주 얕게, 가볍게 파고들었을 뿐인데. 실상 애들 장난 같은 공격이었다.

수산나가 비틀거리며 일어났다. 그가 문밖으로 나가는

내내 나는 그 자리에 서 있었다. 칼날에 묻은 약간의 핏방울이 바닥에 떨어졌다. 수산나가 멀어지고 있었다. 복도의 벽을 짚고 천천히 걸어갔다. 내가 이름을 부르자 그는 잠깐 돌아보았다. 한밤의 바위에서 나와 나란히 깨어났을 때와 같은 표정이었다. 혼이 날까봐 겁을 잔뜩 집어먹은 어린애의 얼굴.

"다신 나를 찾지 마." 수산나가 속삭였다. "나는 저 애를 모른다."

나는 여전히 움직이지 않았다. 영태가 손을 내밀었을 때야 겨우 머리를 들었다. 영태의 손은 여전히 부드럽고 매끄러웠다. 그 손을 잡은 채 느리게 문을 나섰다. 어느새 복도 끝자락에 다다른 수산나가 또 다른 문을 열고 있었다. 문틈 새로 황급히 들어온 햇빛과 찬 공기에 그가 끙끙대는 소리를 냈다. 영태는 아주 느리게 걸었다. 수산나가 달아날 시간이라도 주듯이.

문밖으로 나왔을 때 세상은 밝고 푸르렀다. 수산나가 물 위를 지나가듯 텅 빈 땅을 가로질렀다. 그가 향하는 방향에 무너진 집과 성당이 있었다. 우리가 자라고 떠나온 곳이었다. 그는 폐허를 향해 계속하여 나아갔다. 영태가 내 어깨를 두드렸다.

"누나, 뒤를 좀 봐."

고개를 돌렸다. 먼저 창고가 보였다. 영태는 이 년간 창고의 지붕이며 문을 정성껏 수리했다고 했다. 자세히 보려 했지만, 곧 다른 데 시선을 빼앗기고 말았다. 창고 뒤편으로 무너진 산은 그만큼 압도적이었다. 정상으로부터 쏟아져 우리 두 사람을 해일처럼 몰고 온 산은 수녀님들의 방에 놓여 있던 오래된 양초와 닮아 있었다. 부드럽고도 무지막지하게 녹아내린 몰골이었다.

영태가 산의 한쪽 구석을 가리켰다. 그의 손끝을 따라 눈길을 돌렸다. 내심 그곳에 내 잃어버린 배낭이 있기를 바랐다. 거기에는 구십팔만 원이 들어 있었다. 그 돈이라면 천이 두툼하고 부드러운 겨울 코트를 살 수 있었다. 나는 오래도록 나 자신을 위한 일을 거의 하지 못했다. 결딴을 내고 나면, 죄를 청산한 이들처럼 무엇이든 살 수 있으리라 믿었다. 내 배낭을 킁킁대던 영태는 그런 내 마음을 읽었을지도 모른다. 그는 그 마음을 그대로 내버려두지 않았다. 우리끼리 제멋대로 죄를 청산할 기회를 주지 않은 채, 자기 앞으로 데려오고 말았다.

영태가 가리킨 자리에는 나의 가방도 구십팔만 원도 없었다. 거기 놓인 건 수직으로 내리꽂힌 칼이었다. 수산나가 오래전 영태를 잃은 본인을 찌르기 위해 산 그 칼이 흙더미 위에 꽂혀 번득이고 있었다. 우리의 뼈와 살 대신 흙 속에 단단히 파묻힌 칼날. 그것은 산을 찔렀다기보다는, 산으로부터 자라난 듯 보였다. ■

지옥 : 신의 실수

1판 1쇄 발행 2024년 12월 16일

지은이 · 류시은 박서련 조예은 최미래 함윤이
원작 · 연상호 최규석 만화《지옥》
펴낸이 · 주연선

04035 서울특별시 마포구 양화로11길 54
전화 · 02)3143-0651~3 | 팩스 · 02)3143-0654
신고번호 · 제 1997—000168호(1997. 12. 12)
www.ehbook.co.kr
ehbook@ehbook.co.kr

ISBN 979-11-6737-507-0 (03810)

WOWPOINT PUBLISHING 와우포인트 퍼블리싱은 (주)은행나무출판사의 임프린트 브랜드입니다.